UMA NOITE NO MUSEU
O SEGREDO DA TUMBA

COORDENAÇÃO EDITORIAL Renata de Mello do Vale
ASSISTENTE EDITORIAL Vitor Donofrio
TRADUÇÃO Henrique Guerra
PREPARAÇÃO E REVISÃO Equipe Novo Século
DIAGRAMAÇÃO E ADAPTAÇÃO DE CAPA Equipe Novo Século

Texto de acordo com as normas do Novo Acordo Ortográfico
da Língua Portuguesa (Decreto Legislativo nº 54, de 1995)

Dados Internacionais de Catalogação na Publicação (CIP)
(Câmara Brasileira do Livro, SP, Brasil)

Steele, Michael Anthony
Uma noite no museu: o segredo da tumba
Michael Anthony Steele; [traduzido por Henrique Guerra].
Barueri, SP: Novo Século Editora, 2014.

Título original: Night at the museum: secret of the tomb.

1. Ficção norte-americana I. Título.

14-12672 CDD-813

Índices para catálogo sistemático:

1. Ficção: Literatura norte-americana 813

2014
IMPRESSO NO BRASIL
PRINTED IN BRAZIL

CEA – Centro Empresarial Araguaia II
Alameda Araguaia 2190 – 11º Andar
Bloco A – Conjunto 1111
CEP 06455-000 – Alphaville Industrial, Barueri – SP
Tel. (11) 3699-7107 – Fax (11) 3699-7323
www.novoseculo.com.br
atendimento@novoseculo.com.br

MICHAEL ANTHONY STEELE

UMA NOITE NO MUSEU
O SEGREDO DA TUMBA

Baseado no roteiro cinematográfico de David Guion e Michael Handelman. História de Thomas Lennon, Robert Ben Garant, David Guion e Michael Handelman

novo século®

São Paulo, 2014

1

LARRY DALEY OBSERVOU a fila de limusines pretas serpentear na entrada circular. Em seguida, homens em trajes impecáveis e mulheres em cintilantes vestidos longos desceram dos lustrosos veículos. Os deslumbrantes convidados desfilaram pelo tapete vermelho em meio a uma enxurrada de flashes das câmeras dos fotógrafos. De cada lado do tapete, grandes holofotes direcionavam seus brilhantes feixes de luz para o céu noturno. As imponentes colunas de luz cruzavam-se no alto enquanto todos rumavam à entrada norte do museu. Quando o primeiro dos convidados chegou à porta de entrada, Larry levou à boca um walkie-talkie, apertou o botão do microfone e avisou:

– A casa está aberta. Faltam vinte e cinco minutos para o show começar.

Larry endireitou a gravata de seu próprio traje antes de caminhar em direção ao Dr. McPhee. O baixinho diretor do museu dava batidinhas na testa com um lenço branco.

– Mas que elegância, hein, Dr. McPhee? – Larry

estendeu a mão e apertou a lapela brilhante do *smoking* de McPhee. – Alugado?

O diretor afastou a mão dele com um tapinha.

– Alugado uma ova! – e limpou a lapela com o lenço. – Eu administro uma importante instituição cultural. Não sou um adolescente suado no baile de formatura.

Larry sorriu e acompanhou o diretor rumo à entrada. Os convidados passavam sob um arco estreito logo acima das portas abertas e se encaminhavam para a mais nova ala do Museu de História Natural.

A estrutura era uma maravilha arquitetônica. Em essência, uma enorme esfera suspensa no interior de um gigantesco cubo de vidro. Dentro do cubo, os visitantes se aglomeravam e conversavam sob a esfera suspensa. Mais tarde, os convidados entrariam na própria esfera. A grande esfera prateada continha o planetário, onde aconteceria a maior parte das festividades. O evento comemorava a reinauguração do Centro Astronômico do museu.

O Dr. McPhee respirou fundo.

– Empolgação à flor da pele! A grandiosa reinauguração do planetário. – Apontou o tapete vermelho. – Um monte de gente importante. Estou tão nervoso. – Estremeceu e balançou a cabeça. – Só que não.

Larry sorriu.

– É, o senhor parece bem… calminho.

McPhee ergueu o queixo.

– Fácil de explicar. Estou mesmo.

Cruzou o limiar das portas principais com Larry atrás.

Os dois logo se misturaram aos estilosos convidados. Todos os membros do conselho diretorial e figurões que doavam dinheiro ao museu seguravam drinques, degustavam aperitivos ou batiam papo. Todos socializavam sob o globo suspenso.

O diretor do museu apontou para uma loira com óculos de armação grossa.

– Lá está ela – disse McPhee. – Nossa nova presidente.

Antes desta noite, Larry só tinha visto Madeleine Phelps uma vez. Embora trabalhasse no museu, Larry raramente topava com algum membro do conselho. Larry Daley trabalhava apenas no turno da noite.

– A pressão é grande sobre você – comentou McPhee. – Espero que tenha conferido toda a parafernália dos efeitos especiais.

Larry soltou um suspiro.

– Uma noite como outra qualquer.

Ao longo dos anos, Larry tentou explicar ao Dr. McPhee sobre o segredo do museu. Tentou explicar como a peça egípcia, a Placa de Ahkmenrah, era mágica. Não só no sentido de ser feita de ouro e reluzir com intensidade. Realmente *mágica*. Todas as noites, ao pôr do sol, a placa brilhava e as diversas peças expostas no museu ganhavam vida. Pena que o diretor do museu recusava-se a acreditar. Era quase como se a ideia não entrasse em sua cabeça. Em vez disso, McPhee insistia que Larry de alguma forma tornava tudo isso possível por meio de engenhosos efeitos especiais.

Madeleine Phelps avistou Larry e McPhee e atravessou o salão para cumprimentá-los.

– Boa noite, senhores – saudou ela.

– Ah, nossa estimada presidente – disse McPhee, com uma sutil reverência. Apresentou Larry com um gesto. – Acho que se lembra de Larry Daley, nosso gerente operacional do turno da noite.

– Olá, Dra. Phelps – cumprimentou Larry.

– O museu tem uma dívida de gratidão com você, Daley – elogiou a Dra. Phelps. – Sua programação noturna impulsionou o movimento em mais de trinta por cento.

Larry deu de ombros.

– Já me contaram.

– *Gerente* é modo de falar – explicou McPhee. – Na real, ele é mais um guarda-noturno, sabe. Eu sou o diretor do museu inteiro. Bato o escanteio e corro para cabecear! – e abanou a mão com desdém para Larry. – O Sr. Daley só executa meus planos grandiosos.

Larry balançou a cabeça. Não podia acreditar que McPhee estava levando todo o crédito. Depois que Larry começou a trabalhar no museu, ele logo descobriu o que se passava à noite, quando o prédio estava fechado. Tinha sido ideia de Larry manter o museu aberto à noite. Assim, o resto do mundo poderia apreciar as exposições com vida.

– Dr. McPhee, o senhor me surpreende – disse a Dra. Phelps. – É um visionário! Mas, pessoalmente, o senhor nem aparenta...

– Mas eu sou – frisou McPhee, encolhendo os

ombros e revirando os olhos. – Assim, o museu tem uma dívida de gratidão… comigo.

A Dra. Phelps inclinou-se mais perto.

– Conta pra mim sobre os motores animatrônicos dentro do dinossauro… Como você conseguiu construí-los tão miúdos e, ao mesmo tempo, tão poderosos?

– Bem, hã… – gaguejou McPhee. – O Sr. Daley pode explicar os detalhes técnicos.

A Dra. Phelps virou-se para Larry.

Larry ergueu as duas mãos.

– Não, não. É tudo coisa do Dr. McPhee, mesmo.

Larry não ia limpar a barra de McPhee assim tão fácil. A Dra. Phelps se virou para McPhee.

– Ah, sim… bem… sabe como é… um bom mágico nunca revela seus truques… – desculpou-se McPhee meio sem jeito. – Não podemos entregar o ouro.

– Bem, não é preciso mencionar o esforço para renovar o planetário – frisou a Dra. Phelps. – É essencial que esta noite transcorra sem problemas. Espero sinceramente que os senhores estejam preparados.

O Dr. McPhee sorriu.

– Ah, não se preocupe. Nós nascemos… – o diretor relanceou o olhar para Larry nervosamente.

Larry abriu um sorriso.

– Sim, estamos preparados. Já nascemos preparados.

– Foi o que eu disse. É claro – bufou McPhee.

A Dra. Phelps olhou para McPhee, depois para Larry e novamente para McPhee.

– Agora vou ali bater papo com um pessoal.

Larry ficou contente quando a Dra. Phelps se afastou. Ele não queria ser rude, mas precisava conferir tudo, tim-tim por tim-tim. Como a Dra. Phelps dissera, eles precisavam estar preparados. Deu meia-volta para sair.

– Ah, Sr. Daley. Já viu a novidade na exposição de neandertais? – interpelou McPhee. – Eu mesmo supervisionei a renovação. Acho que o senhor vai adorar.

Com as mãos atrás das costas, o diretor do museu penetrou no meio da multidão.

Larry não tinha nem ideia do que o homem estava falando. Seja lá o que fosse, já não importava mais naquele instante. Aproximou o walkie-talkie dos lábios e apertou o botão para falar.

– Ok, galera, vinte minutinhos!

Larry atravessou o corredor de serviço e enveredou rumo ao saguão principal. Essa era a entrada habitual para o Museu de História Natural, construída para impressionar a todos que entrassem por ali. As portas frontais se abriam para revelar um saguão arredondado com reluzente piso de mármore. Pilares de pedra circundavam o local, apoiando as passarelas do segundo e do terceiro andares. Duas grandes escadarias de mármore espiralavam-se até o segundo andar. Normalmente, os visitantes seriam brindados com várias exposições estáticas, incluindo um esqueleto fossilizado de *Tyrannosaurus rex*, que Larry batizara de Rexy. Porém, como era noite e a placa emanava sua mágica, o saguão pululava com peças de museu animadas, caminhantes e falantes.

Foi só Larry pisar no recinto, que Sacajawea surgiu ao lado dele. Antigamente, ela fora a guia indígena na famosa expedição de Lewis e Clark. Agora, ela ajudava Larry a aprontar todo mundo para a grande noite. Usava a tradicional saia de camurça frisada e os cabelos negros em duas tranças pretas. Entregou a Larry uma prancheta.

– Rexy foi encerado e polido – relatou ela. – Teddy está aparando o bigode. E já revisei os procedimentos de segurança de fogo com os homens das cavernas.

– Excelente – respondeu Larry, conferindo a lista de verificação na prancheta. – Diga aos centuriões para fazerem alongamento. Não quero que ninguém sofra uma distensão.

Enquanto Sacajawea se afastava, Larry se dirigiu à multidão de peças de museu animadas.

– Gente, o prefeito e o governador estão ali fora – contou Larry, cerrando o punho no ar. – Conto com vocês para causar uma boa impressão!

Larry se abaixou para se esquivar da cauda óssea de Rexy quando o esqueleto do T-Rex passou pesadamente.

– Rexy, cuidado com a cauda. Lá fora a cobra vai fumar.

Larry avistou um macaco-prego no meio da multidão.

– Dex, como está se sentindo?

Dexter pôs um braço sobre a cabeça e se esticou como um ginasta. Soltou um guincho espevitado e bateu palmas. Uma nuvem de pó de giz para ginastas se ergueu de suas mãos pequeninas.

Larry se dirigiu ao balcão de informações. A

superfície do balcão estava coberta por minúsculos centuriões romanos da ala de diorama. Jedediah, um caubói em miniatura do diorama de faroeste, estava com eles.

Um dos legionários marchou pelo balcão rumo ao general comandante, Octavius.

– Tudo prontinho, meu soberano! – relatou o soldado.

Octavius sorriu.

– Então que comece a diversão!

Quatro centuriões saltaram no ar de uma só vez. Aterrissaram na barra de espaço do teclado do computador. A tela acima deles ganhou vida, revelando um vídeo de dois gatinhos perseguindo o ponto vermelho de um apontador laser.

– Puxa vida – atalhou Jed. – É covardia mostrar estas fofuras! Isto não é justo!

– Posso tomar a palavra? – indagou Octavius. – Tragam a engenhoca!

Uma sentinela nas proximidades virou-se e levou à boca as mãos em concha.

– Tragam a engenhoca! – bradou ele.

De imediato, vários centuriões empurraram um grande dispositivo de madeira sobre rodas. Um cruzamento entre uma catapulta e um equipamento de construção dos dias atuais, a engenhoca se encaixou perfeitamente sobre o teclado do computador. Um centurião solitário sentou-se no minúsculo assento no centro da estrutura.

– L! – gritou Octavius.

O centurião girou rodas e puxou as alavancas até que um comprido palito atingiu a tecla *L* no teclado.

– O! L! – continuou Octavius.

O centurião operou os controles até que as teclas *O* e *L* fossem pressionadas. LOL, ou seja, *Lots Of Laughs*, um montão de gargalhadas.

– Agora postem este vídeo e meu édito de aprovação no Facebook! – ordenou Octavius.

– Devo aprontar o seu Twitter, meu soberano? – indagou o centurião.

Jed tirou seu chapéu de caubói e o estalou na própria coxa.

– Pirou na batatinha? – perguntou ele. – Não é hora para tuitar sem motivo! Isto aqui é só para os nossos amigos... e pessoas de nossa infância, de quem lembramos vagamente.

Larry balançou a cabeça e suspirou.

– Ora, pessoal. Vamos nos concentrar no show. Não me façam mudar a senha de novo.

Enquanto Larry se preparava para conferir o restante do grupo, Teddy Roosevelt, o vigésimo sexto presidente dos Estados Unidos, apareceu montado em seu cavalo. Trajava o uniforme castanho completo do Regimento da Intrépida Cavalaria: chapéu de abas largas, sabre reluzente e compridas luvas de couro.

– Teddy, estamos prontos para começar? – quis saber Larry.

O ex-presidente mostrou sua marca registrada: o largo sorriso embaixo do espesso bigode.

– Pode apostar, Lawrence – ele falou, descendo

do cavalo e se aproximando. – Mas, por acaso, viu os neandertais?

– Não – respondeu Larry. – Por que todo mundo está falando nisso?

Teddy encolheu-se e fez um gesto para o lado sul do saguão.

– Talvez você queira dar uma olhada.

Com Teddy a reboque, Larry marchou ao grupo reunido dos peludos homens das cavernas.

– E aí, galera. O que é que tá pegando? – perguntou Larry.

Um por um, eles foram se virando para encará-lo. Todos tinham maxilares salientes, sobrancelhas baixas e olhos sem brilho. Quando o último se virou, Larry compreendeu o que Teddy queria que ele visse. Havia um novo neandertal no museu. E esse personagem específico tinha sido criado para parecer uma versão homem das cavernas do próprio Larry.

– Que beleza – murmurou Larry. – Obrigado, Dr. McPhee.

– Talvez seja melhor você considerar isso uma homenagem legal – sugeriu Teddy.

Larry assentiu com a cabeça.

– Tem razão.

E dirigiu a palavra ao recém-chegado.

– Você aí – Larry bateu no próprio peito. Ele sabia falar com esse pessoal. – Sou o Larry.

O neandertal inclinou a cabeça com expressão atônita. Em seguida, imitou o gesto de Larry e bateu no peito.

– Laaa... – balbuciou o homem das cavernas com a voz rouca.

Larry franziu a testa.

– Ok. Oi... Laaa.

Larry olhou para Teddy. O ex-presidente apenas encolheu os ombros. Larry voltou-se para Laaa e bateu no próprio peito outra vez.

– Sei lá. Muito prazer. Sou Larry.

Laaa estendeu a mão e agarrou o rosto de Larry. Tateou o nariz, o cabelo e os lábios de Larry. Depois o homem das cavernas repetiu os movimentos, tateando o próprio rosto com a outra mão. Inclinou-se à frente e fitou Larry nos olhos.

– Papá? – perguntou Laaa.

– Necas – Larry balançou a cabeça energicamente. – Não sou seu papá.

O rosto de Laaa iluminou-se num sorriso amplo e dentuço. Atirou os braços ao redor de Larry, dando-lhe um abraço de urso.

– Papá!

Larry contraiu-se com a dor do abraço. Sem falar no fedor.

– Vou repetir: não. Nada de papá.

– Filhote novo na casca do ovo! – retumbou um vozeirão.

Larry olhou de soslaio e se deparou com o gigantesco moai da Ilha da Páscoa dando risada.

– Tá legal, mas agora não tenho tempo para isso – murmurou Larry; desvencilhou-se do abraço peludo e se afastou.

– Na real, achei uma cena bem comovente – comentou Teddy, caminhando atrás dele.

Larry e Teddy subiram os degraus da escadaria de mármore até a passarela do segundo andar.

– Bem, Lawrence, a noite de hoje é a nossa oportunidade coletiva para brilhar – enfatizou Teddy. – Saiba que estou orgulhoso. Um ponto alto na sua caparreipeirapa!

Larry e Teddy estacaram e se entreolharam.

– Você está bem, Teddy? – indagou Larry.

– Bizarro – comentou Teddy, inclinando a cabeça. – Vai me desculpar, Lawrence. Confesso que não sei explicar direito o que foi isso. – Um sorriso voltou a iluminar seu rosto. – Mas sim, filho. Estou bem. Vamos lá? – e indicou com um gesto o topo da escada.

Na passarela se encontraram com Sacajawea. Larry repousou as mãos na balaustrada e admirou o piso central lá embaixo. As peças do museu, de vários continentes e períodos históricos, circulavam num vaivém incessante. Claro, eles eram mais do que meras peças de museu – e não só porque ganhavam vida todas as noites. Desde que Larry as descobriu na sua primeira noite como guarda-noturno do museu, ele começou a cultivar uma profunda afeição por cada uma delas. Sim, eles eram muito mais do que meras peças de museu. Eram seus amigos.

– Muito bem, pessoal! – gritou Larry. A multidão caiu em silêncio. – Como estão se sentindo?

Todos aplaudiram.

Larry sorriu e levantou as mãos. Quando os aplausos arrefeceram, ele continuou.

– Gente, isso é igualzinho a um ensaio. Só tem uma diferença. Quinhentas pessoas extremamente importantes vão estar lá, assistindo à apresentação de vocês. Não quero deixar vocês nervosos, mas lá fora tem até apresentador de tevê.

Uma empolgação nervosa tomou conta deles.

– *T-V?* – perguntou Átila, o Huno, com os olhos arregalados.

A sua armadura de couro brilhava com o recente polimento. Até o rabo de cavalo que saía no alto de seu chapéu de pele estava bem penteado. Mas o outrora temido líder dos hunos abanou-se, com a respiração nervosa e ofegante.

Larry abriu um sorriso.

– Não deixe isso mexer com sua cabeça. Não precisa surtar. Relaxe e se divirta. Quem está pronto para se divertir?

A multidão aplaudiu mais uma vez.

Teddy deu uma risada nervosa.

– Na batalha de San Juan Hill, eu estava frio como um pepino. Agora... aposto que vocês nem vão acreditar.

Sacajawea pegou as mãos dele.

– Tome a força dos espíritos da terra... e do oceano... e dos quatro ventos.

Teddy assentiu com a cabeça e sorriu.

– E se isso não funcionar – prosseguiu ela. – Imagine a plateia pelada.

Larry deu um soco no ar.

– Vamos lá!

Todo mundo foi saindo do saguão principal, e Larry chispou na frente deles rumo ao Centro Astronômico. Correu pela rampa sinuosa que levava ao centro da esfera gigante. Entrou no planetário e encontrou os convidados sentados ao redor das mesas. Com a cúpula escurecida sobre suas cabeças, a alta sociedade apreciava um jantar sofisticado.

Larry caminhou à parede oposta, e no caminho avistou o Dr. McPhee, sentado a uma das mesas, ao lado da Dra. Phelps e outros membros do conselho. O diretor ainda tentava agir com naturalidade, embora fosse óbvio para todos que ele estava uma pilha de nervos.

Larry conferiu o relógio e então ergueu o walkie-talkie.

– Música da deixa – sussurrou ele.

Logo depois do comando, uma partitura orquestral arrebatadora preencheu o ar, e as luzes foram se atenuando. Larry apertou o botão para falar outra vez.

– E Teddy... Em três, dois, um...

Um holofote foi ligado, revelando Teddy Roosevelt montado a cavalo entrando no salão. A multidão aplaudiu.

– Desde 1869, quando eu era um pirralho de onze anos – começou Teddy – este museu tem sido um farol que ilumina a nossa grande cidade. Sua missão é dar vida à vasta amplidão da história. Percorrer de volta o caminho aos primórdios da própria civilização.

De vários pontos ao redor da sala, os neandertais

foram entrando, cada qual com uma tocha na mão. Ouviu-se um burburinho de espanto na multidão enquanto os homens das cavernas penetravam no recinto. Foram acendendo pequenos lampiões em cada uma das mesas dos convidados.

– Hoje, expandimos ainda mais os nossos horizontes – afirmou Teddy. – Até o sol, a lua... e as estrelas! – Apontou a cúpula escura lá em cima. – Desde o início dos tempos, a humanidade olha para os céus e dá nomes para o que ela vê. As constelações. – Deu uma piscadela ao público e sorriu. – Pensei que vocês gostariam de conhecê-las.

Larry acionou o botão do microfone e sussurrou:

– Constelações, agora!

Um lampejo de luz encheu a cúpula e a plateia ficou boquiaberta. Várias figuras estreladas apareceram. Cada um delas era feita de pontos brilhantes de luz e um tênue contorno que lhes dava forma. Leão Maior, o grande leão, saltou diante da multidão. Um filhote de leão estrelado pulou atrás dele – o Leão Menor. Outros pontos de luz adotavam as formas de um grande escorpião e de um caranguejo – Escorpião e Câncer. As criaturas cintilantes usaram suas garras enormes para se digladiarem, para o delírio da multidão.

– Orion, o caçador! – anunciou Teddy.

Mais estrelas preencheram o ar. De um redemoinho foram se espalhando até assumir o formato de um gigantesco caçador com arco e flecha.

Larry sorriu enquanto um pequeno aglomerado de estrelas girou em cima da cabeça do Dr. McPhee. O homem não escondeu seu pavor enquanto as estrelas adotavam o formato de uma maçã. Orion puxou uma flecha de sua aljava e carregou o arco. Sem parecer mirar, ele recuou e desferiu a flecha. McPhee fechou os olhos de medo. Mas a flecha atingiu a maçã em cheio, fazendo-a explodir numa nuvem de poeira estelar.

McPhee abriu os olhos e riu nervosamente.

– Tudo planejado. Eu já sabia o que ia acontecer.

Teddy continuou seu discurso.

– Talvez nossos ancestrais primitivos olhassem para estas mesmas constelações e sonhassem em voar!

– Soltem as sedas – sussurrou Larry no walkie-talkie. – Macaco em cena.

Duas bandeiras verticais em seda escarlate despregaram-se do teto. Quando se estenderam por completo, Dexter veio deslizando abaixo entre elas. Como um trapezista de circo, ele girou e se virou graciosamente. Enrolou-se nas bandeiras estreitas antes de desfraldá-las e rodopiar rumo ao chão. De repente, na hora H, parou entre as duas sedas, os bracinhos trêmulos se projetando para fora, mantendo-o perfeitamente imóvel.

Larry abriu um sorriso.

– Sim, segura firme, Dex.

Para o grande final, uma nova chuva de pó estelar explodiu ao redor do macaquinho. A multidão irrompeu num aplauso.

Larry balançou a cabeça ao notar McPhee se debruçando na direção da Dra. Phelps.

– Tudo eu – disse McPhee. – Tudo eu.

– Nada disso seria possível sem a vossa generosidade – continuou Teddy. – Ao fitar esta multidão hoje à noite, o que eu vejo?

Atento, o público esperou a pausa de Teddy.

O sorriso do ex-presidente Roosevelt sumiu. Seu olho esquerdo contorceu-se e, em seguida, os dois olhos se arregalaram.

– Invasores! – esbravejou ele.

Larry franziu a testa e ergueu o walkie-talkie.

– O que está acontecendo?

Teddy saltou do cavalo e pousou numa mesa próxima. Brandiu sua espingarda de um lado para o outro.

– Estamos cercados! Entre em formação, Intrépida Cavalaria! Não vamos ser derrotados sem lutar!

Os neandertais começaram a emitir sons guturais e a brandir as tochas no ar. Avançaram em direção ao público. Lá em cima, Dexter arreganhou os dentes e soltou guinchos para a multidão.

Larry disparou através da sala em direção a Teddy.

– Ei, pessoal. Probleminha técnico aqui – e correu rumo ao ensandecido presidente. – Teddy, o que está fazendo? Siga o roteiro!

Teddy girou sobre os calcanhares e apontou a espingarda ao peito de Larry, que ergueu as mãos.

– Teddy. Sou eu.

Teddy olhou para Larry com uma expressão carrancuda.

– Não conheço você! Sigam-me os que forem intrépidos!

Deu meia-volta e engatilhou a espingarda. Mirou

e disparou. Uma taça de vinho se estilhaçou do outro lado do salão.

– Teddy! – gritou Larry. Pulou na mesa e arrancou a espingarda das mãos do ex-presidente dos Estados Unidos.

– Firmeza, soldados! – bradou uma voz fininha.

Larry deu meia-volta e se deparou com Octavius à frente de um batalhão de minúsculos legionários e caubóis. Muitos deles tinham amarrado laços pequeninos uns aos outros para formar uma corda comprida.

– Vamos massacrá-los! – berrou Jedediah.

As miniaturas se espalharam, esticando as cordas. Vários convidados em fuga iam tropeçando nas cordas e desabando no chão.

Num estouro, as portas para o planetário se abriram, e o restante das peças do museu se espalhou no salão. Átila ergueu a espada e gritou loucamente enquanto comandava seus guerreiros hunos para a batalha. Leões, zebras e avestruzes se precipitaram no recinto. Anônimos soldados da Guerra Civil marcharam e começaram a disparar seus mosquetes para o ar. Amedrontados, os convidados gritavam e se dispersavam procurando as saídas.

O Dr. McPhee correu na direção de Larry.

– Que confusão é esta? Resolva!

Larry nem sabia por onde começar. Seus amigos estavam alucinados. Átila retalhou, a golpes de espada, uma escultura de golfinho feita de gelo. Usando um guardanapo como estilingue, Sacajawea bombardeava os convidados com nacos de queijo.

Subitamente, Larry avistou Dexter no lombo de um tigre. O macaco segurava um espetinho com pedaços de carne e legumes intercalados. Como se fosse um pequenino general, o macaco ergueu a lança e guinchou a ordem para atacar. O tigre saltou em direção à mesa da Dra. Phelps.

– Dexter! Não! – gritou Larry.

Disparou até a mesa, bem na hora em que Dexter arremessou a lança. Larry arrebatou o espetinho no ar, a ponta afiada a poucos centímetros do nariz da Dra. Phelps.

Bem no meio da confusão, Teddy se contorcia e estremecia.

– Parbarpabapiripadapede!

O corpo do ex-presidente se aprumou e enrijeceu como uma tábua. Cambaleou por um momento até cair de cara em uma grande travessa de manteiga.

Larry quis correr para ajudá-lo. Pena que ele tinha algo maior com que se preocupar – bem maior. Orion, o caçador, carregou seu arco com outra flecha feita de estrelas. Mirou em direção dos convidados em fuga.

– Orion! Abaixe o arco! – ordenou Larry.

A constelação gigante desferiu a flecha e atingiu as mesas vazias no centro do salão. A flecha explodiu em pó estelar e as mesas pegaram fogo. Rexy atravessou as chamas com passos pesados, em meio à fumaça e às labaredas. A boca do esqueleto se abriu num urro estrondoso:

– *ROOOOOOOOOOAAAAAAR!*

Larry escondeu o rosto com as mãos.

– Não!

2

LARRY AJUDOU A APAGAR os incêndios (em sentido literal e figurado) no planetário e depois voltou ao saguão principal. Encontrou todas as peças do museu reunidas, cabisbaixas. Ninguém escondia o constrangimento. Caminhou até o meio deles.

– Gente, o que foi aquilo? – interpelou Larry, jogando as mãos para cima. – Onde é que vocês estavam com a cabeça?

De rabo de olho, percebeu seu irmão gêmeo neandertal, Laaa, imitando seus movimentos. O homem das cavernas marchou ao redor como Larry havia feito, jogando os braços peludos para cima e mostrando frustração. Larry balançou a cabeça e apoiou a mão no ombro do homem das cavernas.

– Deixa comigo, Laaa – disse Larry. – Pode ficar sentado.

Enquanto Laaa se afastava meio sem jeito, Larry abordou Átila, o Huno.

– Átila, o que você fez com aquele golfinho? – perguntou ele. – Amigão, ele é só um golfinho.

Átila curvou a cabeça e fez um muxoxo de vergonha.

Teddy deu um passo à frente, segurando o chapéu na mão.

– Lawrence, me desculpe. Não sei o que deu em nós.

– É. Desculpa estragarmos a sua festa, Gigantão – emendou Jedediah.

O minúsculo caubói (que há tempos havia apelidado Larry assim) estava de pé em cima de um expositor, perto de Octavius.

– Mil perdões, meu soberano – desculpou-se Octavius, batendo com o punho fechado na couraça de bronze em seu peito, fazendo uma saudação romana. – Algo tomou conta de nós, como se fosse um feitiço.

Larry sentiu um respingo quente no ombro. Girou e avistou Dexter lá em cima, na cabeça de Rexy. O macaquinho-prego estava fazendo xixi em cima de Larry.

– Qual é, Dexter! Superamos essa fase anos atrás! – Larry se esquivou do fluxo e apontou para o macaco. – Sabe duma coisa? Tudo bem! Amanhã mesmo, você vai voltar a usar fraldas, como um neném! E nada de fralda descartável! Fraldas de pano!

Dexter tapou a cara com suas pequeninas mãos de macaco.

– Lawrence, não tá vendo que o coitadinho está estressado? – perguntou Teddy. – Todos nós estamos.

Larry observou a multidão e compreendeu o que Teddy queria dizer. Os amigos dele não estavam apenas constrangidos e envergonhados: também estavam amedrontados. Ficou claro que ninguém sabia explicar o que havia acontecido com eles naquela noite. As peças do museu estavam claramente desanimadas.

– Sei lá o que deu em vocês, pessoal, mas o episódio de hoje à noite foi assustador – disse Larry. – Vocês pareciam outras pessoas.

De repente, um jovem faraó egípcio entrou correndo no saguão principal.

– Larry! É melhor você dar uma olhada nisso!

Larry seguiu Ahkmenrah pelo museu. Usando uma túnica ornamentada e uma coroa faraônica, o rapaz não aparentava mais de dezoito anos de idade. Larry conhecia a verdade: Ahkmenrah tinha milhares de anos. Ele era um faraó mumificado do antigo Egito. O poder de sua placa mágica havia restaurado a sua juventude, bem como a sua vida.

Larry e Ahkmenrah correram para a ala egípcia, passando pelas duas sentinelas gigantescas com cabeça de chacal. Os guardas abaixaram suas lanças compridas e curvaram a cabeça em sinal de respeito quando seu rei passou. O faraó apontou para a placa de ouro pendurada na muralha acima do sarcófago aberto de Ahkmenrah.

Composta por nove ladrilhos móveis, a Placa de Ahkmenrah tinha o tamanho de um livro grande. Cada um dos ladrilhos continha diferentes símbolos hieroglíficos egípcios entalhados. Quase sempre, a placa de ouro sólido brilhava sob as luzes do mostrador. Mas agora parecia opaca e escurecida. Uma pequena nódoa verde havia se formado na parte inferior da placa. Parecia uma espécie de ferrugem esverdeada. Larry não entendia. Ouro não se manchava daquele jeito.

– Já viu isto assim antes? – quis saber Larry.

Ahkmenrah abanou a cabeça.

– Nunca. Sempre foi exatamente a mesma. Esta corrosão... isto nunca aconteceu antes. – Soltou um suspiro. – Para ser sincero, meu pai conhecia os segredos da placa melhor do que eu. Pena que ele jurou que jamais revelaria esses segredos. E nunca revelou mesmo.

Larry debruçou-se mais perto e examinou a nódoa verde. Num piscar de olhos, a placa emitiu um brilho verde, e a nódoa se espalhou dois centímetros acima na placa.

Ahkmenrah pôs a mão no ombro de Larry para se equilibrar. O jovem cambaleou um pouco.

– Tudo bem com você? – perguntou Larry.

Ahkmenrah piscou e balançou a cabeça positivamente.

– Sim... Tudo legal.

– Ok. Sabe de uma coisa? A noite foi comprida – disse Larry. – Vamos guardá-la mais cedo. Amanhã, vou descobrir o que cargas d'água está acontecendo aqui.

Larry conferiu para que todos retornassem a seus respectivos lugares no museu antes de pegar um táxi lá fora. Ele costumava ficar no museu até o sol raiar, quando todos os artefatos se tornavam inertes outra vez. Mas seus amigos, muito chateados com o que havia acontecido, concordaram em permanecer em suas exposições até Larry desvendar o mistério.

Larry chegou a seu prédio e entrou. Ao embarcar no elevador, dois policiais o seguiram. Larry apertou o botão de seu andar. Ergueu a cabeça e correu o olhar de um policial ao outro, que pareciam escoltá-lo.

– Tudo belezinha? – perguntou Larry.

– Reclamação de barulho – respondeu um dos guardas.

O outro policial deu um grande bocejo.

– Turno da noite – explicou ele.

Larry riu.

– Eu que o diga.

O elevador parou, e Larry saiu. Ficou surpreso ao ver que os policiais também saíram. Imaginou que a reclamação tinha sido em seu andar. Larry foi andando pelo comprido corredor e começou a ouvir uma batida forte de música eletrônica. Sentiu um nó na garganta ao perceber de onde vinha a música. Na frente da porta de seu apartamento, o piso vibrava sob seus pés. A música vinha do lado de dentro. Larry relanceou o olhar para trás e, que dúvida, os guardas continuavam a escoltá-lo, um à direita, outro à esquerda. Os guardas sorriram.

Larry pegou as chaves.

– Com licença, eu só vou…

Abriu a porta e quase foi nocauteado por uma parede sonora. Repleto de adolescentes suados dançando, o ambiente tremia ao ritmo da batida eletrônica. Mal se enxergava o apartamento, de tanta galera junta.

Por um instante, Larry ficou em estado de choque. Logo acenou as mãos espalmadas sobre a cabeça.

– Tudo bem. Acabou a festa! – gritou Larry.

Infelizmente, a música alta abafou seu pedido. Todos o ignoraram e continuaram dançando.

Larry avistou seu filho, Nick, na outra ponta da sala. O garoto de dezessete anos usava grandes fones de ouvido sobre seu cabelo preto desgrenhado. Balançava a cabeça no ritmo da música, diante de seu laptop aberto. Ele era o DJ da festa.

Larry abriu caminho entre os adolescentes saltitantes. Aproximou-se de Nick na mesa do DJ e desconectou um cabo do computador do filho. A música parou.

Surpreso, Nick ergueu a cabeça.

– Pai? O que está fazendo aqui? São três da madrugada.

– É, são três da madrugada – concordou Larry.

– Ok, todo mundo! A festa acabou! – gritou um dos policiais. – A porta é serventia da casa. E bico calado!

A galera resmungou e, devagarinho, foi indo em direção à porta. Larry passava um sermão em Nick, quando uma jovem se interpôs entre eles. A ruivinha puxou uma caneta marca-texto e escreveu seu nome e número de celular no braço de Nick.

– A gente se vê amanhã à noite, Nick? – quis saber a garota.

Larry inclinou-se à frente.

– Provavelmente não – e dispensou a moça com um aceno de desdém.

A garota franziu a testa e seguiu o restante do pessoal para fora do apartamento. Larry ficou observando eles saírem e acenou para os policiais.

– Obrigado, seus guardas. Bom descanso.

Balançou a cabeça ao perceber a sujeira de seu apartamento. Pegou um saco de lixo na cozinha e começou a coletar garrafas de refrigerante semivazias e sacos de salgadinhos.

– Eu não sabia que você ia voltar mais cedo – argumentou Nick.

– Não brinca – respondeu Larry com um gesto para a bagunça em torno dele. – Por que você acha que isto é normal?

– Quando não estou na casa da mãe, você me deixa sozinho todas as noites – explicou Nick, começando a ajudar o pai a limpar. – O que é que você esperava?

Larry apertou os lábios e jogou no saco de lixo várias embalagens de doces.

– Honestidade. É isso que eu esperava. Quer dizer que agora você é um grande DJ? Festança todas as noites?

– Não, esta foi a primeira vez – afirmou Nick ao desconectar os cabos do seu computador.

Um ruído nos fundos do apartamento chamou a atenção dele. Josh, o amigo de Nick, saiu do banheiro. Josh jogou a cabeça para o lado, tirando a franja comprida de cima dos olhos. O rapaz cumprimentou Nick com o punho fechado.

– A melhor festança de todas, cara!

Larry olhou para o filho com cara de poucos amigos. Nick deu um sorrisinho nervoso.

– Sem dúvida, esta foi... uma das primeiras vezes – disse Nick.

– O que já diz bastante – continuou Josh. – Pois você fez um montão de festas.

Larry suspirou e balançou a cabeça.

– Obrigado, Josh.

Josh ergueu o olhar para Larry e sorriu.

– Sério, o seu filho é um baita anfitrião. Sabe cuidar dos convidados. Pensa em tudo.

Larry repousou a mão nas costas de Josh. Orientou o jovem rumo à porta da frente.

– Josh, você cumpriu a sua missão. Agora pode sair.

Ele o empurrou para o corredor. Josh se virou e sorriu.

– Câmbio e desligo, tio Larry.

Larry fechou a porta e encarou Nick.

– Então é por isto *que você não podia ir ao museu hoje à noite?*

– Pai, Andrea Moreno estava aqui – explicou Nick.

– Quem é Andrea Moreno? – quis saber Larry.

Nick ergueu o braço revelando o nome e o número do telefone de Andrea.

– Você simplesmente a enxotou daqui.

Larry balançou a cabeça.

– Quer dizer, então... que você mentiu para mim.

Nick suspirou.

– Sim. Isso já está definido. Não vamos ficar remoendo o assunto. Vamos nos concentrar no motivo – e apontou para o braço. – Andrea Moreno. Você a viu. Bonita demais. E inteligente pra caramba. E esta noite, enfim, a gente teve a oportunidade de nos conhecermos pessoalmente. E ia estragar essa chance só para ir à inauguração de seu planetário?

– Uma época você me obrigava a te levar junto ao museu – lembrou-se Larry.

Sorriu ao recordar todas as aventuras que ele e Nick tinham compartilhado lá.

– Também houve uma época em que eu gostava de pedalar o triciclo no parque – disparou Nick, enquanto enrolava um cabo comprido. – A propósito, como foi hoje à noite?

– Não mude de assunto, fingindo estar interessado – rebateu Larry.

Nick levantou as mãos.

– Tá bom.

Larry catou mais duas garrafas de refrigerante entre as almofadas do sofá e baixou a cabeça.

– Foi um fiasco. E olha só, você não pode mais promover festinhas. As provas finais se aproximam. Daqui a duas semanas, você tem de encaminhar sua inscrição para a Universidade de Nova York...

– Não vou entrar na Universidade de Nova York – atalhou Nick.

– Como pode ter certeza? – quis saber Larry.

Nick assentiu com a cabeça.

– Eu tenho... porque não vou me inscrever.

Larry parou de limpar.

– Do que você está falando?

Nick deu de ombros.

– É que não tenho certeza se é o lugar certo pra mim.

– Ok, então você quer bater as asas e voar, arriscar-se em outra universidade de fora – sondou Larry. – Diga, então, para onde você quer ir? Quero ouvir a lista.

Nick abriu um sorriso amarelo.

– É uma listinha bem pequena.

– Uma listinha pequena não é motivo de vergonha – incentivou Larry. – Surpreenda-me.

– Pequeníssima, na verdade – confessou Nick, encolhendo-se todo. – Não há nada nela.

– Nada? – perguntou Larry.

– Mudei de ideia sobre a faculdade – explicou Nick. – Quero tirar umas férias. Fazer o que você disse. Bater as asas e voar.

– Eu quis dizer alçar voo para uma escola diferente – explicou Larry. – Achei que tínhamos um plano.

– É, mas os planos mudam – disse Nick.

– Não quando seus pais pagam o plano – frisou Larry. – Nesse caso, qualquer mudança de plano deve ser aprovada pelos financiadores do plano.

– Pai... – começou Nick.

Larry ergueu a mão para interrompê-lo. Colocou as mãos na cintura e olhou para seu filho. Abriu a boca para discutir, mas não saiu nada. Acabara de ter a pior noite da sua vida e, ao voltar para casa, descobriu que seu filho, em quem havia depositado a confiança para ficar sozinho em casa, promoveu festinhas quase todas as noites, enquanto o pai trabalhava no museu.

– Pai, já é tarde – alegou Nick. – A gente merece dormir agora, não acha?

Larry balançou a cabeça.

– Esta conversa não acabou.

Na manhã seguinte, depois de Nick ir para a escola, Larry foi até o museu. Avistou todos os seus amigos, paralisados nas horas do dia, exatamente como deveriam estar. Era como se nada tivesse acontecido. Mas algo terrível havia acontecido… e Larry tinha que descobrir o porquê.

Desceu ao subsolo onde ficavam os arquivos do museu. A grande sala bolorenta estava abarrotada com prateleiras repletas de artefatos antigos e fichários. Após escarafunchar um pouco, Larry puxou uma caixa com informações sobre a Placa de Ahkmenrah.

Abriu a caixa sobre uma mesa de madeira. Espalhou mapas, fotografias antigas e anotações manuscritas sobre a expedição original que descobriu a tumba de Ahkmenrah. Ao investigar o material, Larry quase pôde imaginar a noite que os arqueólogos encontraram o sítio. Descobriram a placa e os vários sarcófagos com os restos mortais de Ahkmenrah e sua família. Também houve uma estranha maldição – um aviso que nenhum dos arqueólogos levara em conta, que dizia: "Se a tumba for perturbada, chegará o fim". Larry ficou se perguntando se isso significava o fim do mundo, como tantos outros alertas de civilizações antigas. Ou talvez significasse o fim da *magia*.

Quanto à família de Ahkmenrah, Larry sabia que o jovem faraó tinha um irmão mais velho – Kahmunrah. Teve o desprazer de conhecê-lo quando Larry e seus amigos estavam no Museu Smithsonian, em Washington. Mas não era isso o que ele procurava. Ahkmenrah disse que só o *pai* dele sabia o segredo da placa. Depois de investigar um pouco mais, Larry descobriu que os pais do jovem faraó tinham sido enviados para o Museu Britânico, na Inglaterra.

Larry guardou os arquivos e voltou lá para cima. Correu para o escritório do Dr. McPhee. Encontrou a porta entreaberta e McPhee tirando os diplomas emoldurados da parede. Acondicionava os quadros em uma caixa de papelão.

– O que está acontecendo? – indagou Larry.

– A nossa estimada presidente me demitiu – contou McPhee. – Ela falou que a apresentação noturna foi invenção minha e fui eu quem pisou na bola.

Larry deixou-se cair numa cadeira.

– Sinto muito. A culpa foi minha.

McPhee fez um aceno de desdém.

– Não, a culpa foi minha. Eu que peço desculpas – continuou ele, empacotando outros itens pessoais. – Peço desculpas por colocar você em um cargo importante, só para incendiar o planetário e arruinar a minha vida.

– Bem... foi só um princípio de incêndio – corrigiu Larry.

– Vamos ficar discutindo a intensidade do incêndio? – indagou McPhee. – Bacana.

– Sinto muito mesmo – disse Larry.

– Por muito pouco o macaquinho não feriu o rosto da Dra. Phelps! – exclamou McPhee erguendo um afiado abridor de carta para enfatizar o seu raciocínio. – Ele tinha sede de sangue nos olhos escuros de símio, Sr. Daley! Uma profunda e insondável sede de sangue!

O ex-diretor do museu suspirou, jogou o abridor de carta na caixa aberta e encolheu os ombros.

– Bem. Isso também vai passar. Mas a minha demissão é definitiva.

Larry se ergueu num pulo.

– Posso consertar tudo isso.

McPhee levantou uma sobrancelha.

– Como?

– Preciso levar a placa e Ahkmenrah para Londres – esclareceu Larry.

– Com licença, espera eu processar... – McPhee girou os dedos em cada lado da cabeça. – Acabei de explicar que suas estrepolias custaram meu emprego. E você quer levar dois artefatos valiosos de férias para um país estrangeiro?

Larry debruçou-se sobre a mesa.

– Preste atenção. Você e eu sabemos que há algo... mágico neste lugar.

McPhee abanou a cabeça.

– Outra vez não. Não é mágica. São efeitos especiais.

– Como poderiam ser efeitos especiais? Sou um guarda de segurança – disse Larry com uma risada. – Não tenho treinamento algum em efeitos gerados por computador. E aqui não tem nenhum equipamento!

McPhee revirou os olhos.

– Não faço questão de entender.

– Não faz questão de entender porque tem medo de entender – comentou Larry batendo com o dedo indicador na própria cabeça. – Porque você ia ficar alucinado, amigão!

O Dr. McPhee fitou Larry do outro lado da mesa. Uma faísca de medo lampejou em seu olhar. Larry ficou torcendo para que o diretor acreditasse nele desta vez.

– O sol se põe. A placa brilha – explicou Larry. – E tudo ganha vida!

– A placa *brilha*? – zombou McPhee. – *Agora* eu sei que você é maluco.

– Preste atenção. Ninguém ama este lugar mais do que nós dois. Se você não me ajudar, tudo o que ele tem de especial pode acabar. E talvez não volte nunca mais – disse Larry com um sorriso tristonho. – Não peço que você entenda. Peço que confie em mim.

– Sr. Daley... gostaria de ajudar – disse McPhee com um sorriso. – Mas não trabalho mais aqui.

O sorriso de Larry se alargou.

– O Museu Britânico não sabe disso.

O Dr. McPhee ergueu uma sobrancelha.

Logo depois, McPhee ligou para o Museu Britânico.

– Sim, a múmia e a placa – explicou McPhee. – Um trabalho de preservação básico... Retoques, polimentos. – Seguiu-se uma pausa quando alguém na outra ponta da linha falou. – Sim, vou enviar meu braço direito, Larry Daley. Representando minha autoridade como chefe do museu... Coisa que ainda sou. – Seguiu-se nova pausa. – Certo – respondeu McPhee. Desligou o telefone e virou-se para Larry. – Você está dentro.

Larry correu para casa, arrumou as malas e passou na escola de Nick. Avistou o filho saindo do prédio com dois amigos.

– Nicky! – gritou Larry atravessando a rua para alcançar o rapaz.

Os amigos de Nick dispersaram enquanto Nick balançava a cabeça.

– O que você está fazendo aqui? – perguntou.

– Preciso falar com você – explicou Larry.

– Não podia enviar uma mensagem de texto de algum lugar onde ninguém pudesse vê-lo? – quis saber Nick.

Larry revirou os olhos.

– Também não quero ser visto ao seu lado, mas temos de falar. Vamos para Londres. Hoje à noite.

– Como é que é? Não posso ir a Londres – disse Nick. – Tenho aulas.

– Isso não é importante. Esquece as aulas – disse Larry.

Nick deu uma risada irônica e falou:

– Isso é que ser um pai responsável.

– Você pode perder alguns dias – amenizou Larry. – Sua mãe não está na cidade e, depois da noite passada, está na cara que eu não posso deixar você sozinho...

Larry foi interrompido pelo som de um carateca desferindo um violento golpe: "UUUIIIÁ!" Era o telefone de Nick. O som indicava que alguém lhe enviara um torpedo. O rapaz pegou o telefone e começou a teclar uma mensagem de resposta.

– Ei, que tal fazer isso outra hora... – começou a pedir Larry.

Mas antes que pudesse terminar, Nick já tinha enviado a sua resposta. Larry continuava surpreso com a velocidade com que seu filho digitava mensagens no celular. Balançou a cabeça e tentou concluir seu raciocínio.

– Olha, isso vai ser legal – continuou. – Lembra-se da viagem que planejamos para fortalecer os laços entre pai e filho? Atravessar o país de carro? Vai ser assim, só que bem melhor.

– Não queria fazer isso – revelou Nick.

– Do que você está falando? – indagou Larry, estupefato. – Você ficou tão decepcionado quando desistimos.

– É, você disse que não podia ir por causa do trabalho – explicou Nick. – Então eu *fingi* que estava decepcionado. E todo mundo ficou feliz.

Agora foi a vez de Larry de ficar decepcionado – mas de verdade.

– Ok... Achei que você realmente quisesse fazer isso.

– Pai, eu não posso ir – repetiu Nick. – Estou ocupado.

– Com o quê? Planejando fazer nada no seu próximo ano? – perguntou Larry. – Vamos lá, você não falou que queria uma aventura? É a nossa chance.

– Quando eu falei que queria uma aventura? – perguntou Nick.

Larry apertou os lábios.

– Escute, é isso que vai acontecer, certo?

– Quer dizer que o resultado desta conversa estava decidido antes de ela começar? – quis saber Nick.

Larry respirou fundo.

– Nick, a galera está com problemas. Sou seu pai e você vai comigo.

3

APÓS UM VOO DE OITO HORAS, Larry e Nick supervisionaram o carregamento da grande caixa de madeira no caminhão-baú alugado. Depois de tudo devidamente acondicionado, o próprio Larry conduziu o veículo pelo coração de Londres, rumo ao Museu Britânico. Um dos tradicionais táxis pretos londrinos deu uma guinada e buzinou para ele. Larry teve dificuldades para se adaptar a dirigir na pista esquerda da estrada.

No meio do caminho, Larry estacionou o caminhão e saltou para fora. Havia tempo para visitar alguns pontos turísticos, antes de dar início à missão. Fechou o zíper do casaco para se proteger do ar gélido de Londres.

– Vamos para o museu depois de anoitecer – avisou Larry erguendo o olhar para o sol antes do crepúsculo. – Daqui a uma hora e meia.

Nick desceu da cabine e foi atrás do pai.

– Pode calcular isso só com um olhar?

Larry abriu um sorriso.

– É a minha especialidade.

Pai e filho passearam numa calçada com vista

para o famoso Rio Tâmisa. Larry não queria apenas admirar a paisagem. Queria falar com Nick sobre a discussão da noite anterior. Pena que não sabia por onde começar.

Antigamente era bem mais fácil trocar ideias com o filho. Quando Nick era mais novo, ele e Larry tinham interesses parecidos. Passavam a maior parte do tempo juntos no museu com todos os seus amigos históricos. Inclusive apreciavam descobrir juntos novos detalhes sobre a história. Certo, em geral os dois procuravam um fato histórico para solucionar uma eventual crise no museu. Mas seja lá o que os dois fizessem, eles curtiam fazer juntos.

Agora que Nick estava mais crescido, os interesses dele tinham mudado. Ele estava namorando, ouvindo novos tipos de música e passando menos tempo no museu. Isso também significava passar menos tempo com seu pai. Às vezes, Larry tinha a sensação de estar morando com um companheiro de quarto mais jovem e não com um filho.

No fundo do seu coração, Larry sabia que para o filho isso era normal, apenas uma etapa em seu desenvolvimento. Mas isso não tornava menos doloroso esse afastamento entre eles.

Larry parou e apontou para uma grande ponte. Uma torre alta de tijolos se erguia em cada ponta da estrutura majestosa.

– A Torre de Londres – disse Larry. – Foi lá que a Rainha Maria Stuart da Escócia foi decapitada.

– Não, esta é a Ponte da Torre – corrigiu Nick.

Apontou para o pálido castelo de tijolos com quatro torres, uma em cada canto, sobressaindo-se rumo ao céu. – *Aquela* é a Torre de Londres. E foi Ana Bolena.

Larry fez que sim com a cabeça, com ar de sabichão.

– Tudo aconteceu neste entorno – deu um tapinha no ombro do filho. – Local muito histórico.

Recomeçaram a caminhada. Depois de alguns passos, Larry tomou coragem.

– Bem, vamos falar sobre esse ano de folga – começou Larry. – Talvez fosse legal. Em que você está pensando?

Nick coçou a nuca.

– Sim, estive pensando que eu gostaria de fazer algo a ver com música.

– Genial – disse Larry. – Estamos falando em aprimorar aqueles dois anos de violino no ensino fundamental?

A imagem de Nick vestido de smoking veio à mente. Larry imaginou o filho tocando um solo de violino na frente de uma orquestra completa.

– Não – disse Nick. – Estou pensando em algo mais a ver com... DJ.

– Certo...

A imagem de Nick em um smoking desapareceu. Nick sorriu.

– Quero ser DJ em Ibiza – ele pronunciou “Ibiça”.

– Em o quê? – quis saber Larry.

– Ibiza – repetiu Nick. – É uma ilha perto da costa da Espanha. É assim que se pronuncia.

Larry ergueu as sobrancelhas enquanto fazia que sim com a cabeça.

– Ok, certo, claro.

– Esse meu amigo tem um primo que promove festas em casas noturnas. Ele mora em Maiorca – um brilho cintilou no olhar de Nick. – Ele falou que a gente poderia ficar com ele. É o centro mundial da música eletrônica. Os melhores DJs vêm de lá. – E começou a enumerar com os dedos. – DJ Beelzebub, DJ Side Salad…

Larry teve vontade de repreender o filho. De dizer-lhe que essa era a ideia mais maluca que já havia escutado. Mas quis ser compreensivo e dar ouvidos a ele. Por isso, Larry limitou-se a falar:

– Ok…

– Pai, você não fez faculdade – disparou Nick.

Larry estacou.

– Peraê, agora você está falando em não querer cursar faculdade?

Nick deu de ombros.

– Só estou dizendo que… você se saiu relativamente bem.

– Obrigado – disse Larry. – Acho que sim.

Nick sorriu.

– Quer dizer… você é feliz.

Larry estremeceu.

– Sim, mas foram precisos vinte anos e uma dúzia de carreiras fracassadas para chegar lá.

– Mas agora está fazendo o que você ama – disse Nick.

– Sim, Nick… mas não existem muitas vagas de

emprego em museus mágicos onde tudo ganha vida à noite – explicou Larry, erguendo o polegar e o indicador. – É um alvo bem pequeno.

– Sei lá, pai – Nick revirou os olhos e recomeçou a andar. – Você já não precisa mais se preocupar comigo.

Larry pegou o filho pelo braço.

– Nicky, eu sempre vou me preocupar com você.

Nick se desvencilhou.

– Legal.

– Ora, Nick – disse Larry. – Sabe o que quero dizer.

Nick assentiu com a cabeça.

– O sol vai se pôr. Não é melhor irmos ao museu?

– Sim – suspirou Larry. – A propósito, sabe dirigir um veículo com transmissão manual?

Pouco antes do crepúsculo, Larry e Nick estacionaram nos fundos do museu britânico. O grande museu estava fechado e só um solitário guarda-noturno ocupava uma pequena guarita na parte de trás do museu. A guarita situava-se defronte a um portão de tela e tinha uma janelinha com vista para a estreita ruela que conduzia ao prédio. Nick se abaixou quando Larry parou ao lado da guarita.

Sentada na guarita, uma mulher com uniforme de guarda e grandes peças de bijuteria tinha o cabelo loiro puxado para trás em um rabo de cavalo. No distintivo preso à lapela, lia-se o nome da moça: Tilly.

– Não, Tarquin, você não está entendendo, meu

benzinho – falou Tilly. A moça segurava o celular com uma das mãos e enroscava um longo fio de chicle na outra. – Você não me escuta.

Larry parou bem pertinho da janela. Deixou o caminhão em ponto morto e abanou para Tilly.

– E aí!

A mulher olhou de soslaio para Larry.

– Desculpe, Tarquin. Tem um homem estranho aqui. Eu ligo mais tarde.

A vigia do Museu Britânico desligou o celular, enfiou o chiclete de novo na boca e inclinou-se para fora da janela. Ela fez um gesto para o caminhão.

– O que está havendo aqui, afinal?

Larry acenou novamente.

– Oi. Sou Larry Daley. Trago uma remessa do Museu de História Natural de Nova York. Para o seu departamento de conservação.

Entregou a papelada que o Dr. McPhee tinha imprimido antes de partirem.

A vigia pegou os papéis e os examinou. Olhou para Larry, percebendo seu uniforme de guarda.

– Eles deixam você viajar? – quis saber ela. – Deve ser bom ser um segurança nos Estados Unidos.

Larry deu de ombros e sorriu.

– Bem, isso é meio incomum.

A guarda estourou uma bola com o chiclete.

– Eles me deixam viajar. Sabe pra onde? Pra casa. E pra cá. E de novo pra casa.

Larry assentiu com a cabeça.

– Só imagino.

– Eu nem entro aí dentro – continuou ela. – Todas as noites eu venho para um dos melhores museus do mundo e sento-me aqui fora neste cubículo. – Tilly esticou o chiclete num longo fio outra vez e começou a enroscá-lo de novo. – Olha minha guarita. Mal cabe um pobre coitado. Nem sequer encosta no prédio. – Largou o chiclete de volta num estalo e se inclinou mais para fora da janela. – E eu tenho uma arma, por acaso? De forma alguma. – Fez um gesto para Larry. – Aposto que você tem uma arma supersofisticada, com silenciador e tudo.

Larry balançou a cabeça.

– Eu... não tenho arma. Não.

Tilly revirou os olhos.

– É o que todos dizem. – ela se inclinou de volta para a guarita. – Sabe o que me deram? – ela ergueu um martelinho com orgulho debochado. – E disseram que era para fazer *pequenos reparos e embelezamentos* – comentou Tilly, balançando o martelinho sobre a cabeça. – Na guarita, é claro. – Ela se inclinou para fora outra vez. – Então você captura um monte de criminosos?

– Hã... na realidade, não – reconheceu Larry. – Um ou outro. Quando comecei no emprego.

Os olhos de Tilly se arregalaram.

– Sinistro – ela correu o olhar ao redor. – Sabe quantos bandidos eu já matei?

Larry balançou a cabeça.

– Nenhum. Nadinha – disse ela. – Sabe por quê? Porque a Inglaterra é um país civilizado. Ninguém sai por aí roubando museus a torto e a direito como nos Estados Unidos, onde isso é passatempo nacional.

Larry fez uma careta.

– Tá legal... Só que não tem um pingo de verdade nisso – e apontou por cima do ombro. – Seja como for, se você deixar, quero descarregar este negócio aí...

– Alto lá, viajante do mundo, combatente do crime! – atalhou Tilly. – Só vou ligar para o seu museu para confirmar. – Examinou a papelada e digitou os números no modo viva voz da guarita.

– Isso não é necessário, na verdade – explicou Larry, apontando para os documentos. – Já está confirmado. Não está vendo?

Tilly apertou os olhos para enxergar.

– Na Inglaterra, nós confirmamos e *re*confirmamos.

Larry não escondeu a tensão ao ouvir o telefone tocar no pequeno alto-falante. Então se descontraiu ao escutar uma voz conhecida.

– Aqui é o Dr. McPhee.

– Museu Britânico, senhor – falou Tilly. – Só para confirmar uma entrega para o nosso departamento de conservação.

– Sim, fui eu que assinei a papelada – respondeu McPhee. – Mas não posso ficar pendurado no telefone o dia inteiro. Afinal de contas, eu tenho um museu para administrar – um clique soou quando ele desligou o telefone.

Larry respirou, aliviado.

– Beleza – disse Tilly, saindo da guarita rumo ao portão de tela.

Enquanto ela digitava o código de segurança no teclado numérico, Larry ergueu o seu smartphone. Após ele ouvir os quatro tons, a fechadura destrancou, e Tilly deslizou o portão sobre o trilho. Larry cruzou pela entrada e manobrou o caminhão para estacionar de ré numa das rampas de descarga. Saltou para fora e seguiu Tilly adentro. Com a ajuda de uma plataforma sobre rodas, os dois rebocaram a grande caixa de madeira para fora do caminhão e para dentro da sala de logística.

– Muito obrigado – disse Larry, e foi saindo enquanto Tilly fechava as portas do compartimento de carga.

Quando Tilly apareceu, só teve tempo de avistar o braço de Larry acenando da janela do motorista, enquanto o caminhão saía para a rua. Era bem isso que Larry queria que ela visse. Enquanto Tilly foi retornando à guarita, Larry se escondeu junto ao muro externo. Na verdade, era Nick quem estava dirigindo o caminhão.

Oculto na sombra, Larry esperou até que os raios amarelados do sol afundassem no horizonte. Naquele instante, o brilho dourado da ativação da placa emanou pelas janelas da sala de logística do Museu Britânico. Larry mal pôde distinguir o rumor de Ahkmenrah ganhando vida no interior da caixa. Era a hora H.

Larry moveu-se sorrateiramente rumo ao portão. Escutou Tilly ao telefone, discutindo com o namorado. Larry puxou o smartphone do bolso e ativou o aplicativo que gravou os tons do painel de acesso. O aplicativo lhe disse exatamente quais números tinham sido os tons; ele havia quebrado o código de segurança. Enquanto digitava os números, avistou Nick andando furtivamente em direção a ele. O filho se abaixou sob a janela da guarita e se aproximou do portão, pé ante pé. Larry abriu o portão apenas o suficiente para os dois passarem.

– Não sou advogado, mas tenho a impressão de que isso é uma espécie de transgressão internacional – sussurrou Nick.

– Tem razão – murmurou Larry, fechando o portão após o filho passar. – Você não é advogado.

Com Larry à frente, os dois foram correndo rumo à entrada dos fundos, meio agachados. Nick sacudiu a cabeça.

– Certo, mas se formos presos, é *você* quem vai ligar para a minha mãe.

Chegando à porta, Larry deu duas batidinhas de leve. A porta se entreabriu, e Ahkmenrah apareceu do outro lado. O jovem faraó segurava na mão a placa dourada. Larry olhou para a guarita uma última vez antes de ele e Nick se esgueirarem porta adentro.

– Valeu, Ahk – disse Larry, e deu um tapinha nas costas de Nick. – Vamos lá.

Ahkmenrah abriu um sorriso amarelo.

– Larry, o pessoal achou que talvez... pudesse nos ajudar.

Larry estacou de supetão.

– Como assim, "o pessoal"?

Ele se virou e viu Teddy Roosevelt escalar pela borda da caixa aberta atrás deles.

– Você está redondamente enganado se achava que eu ficaria lá de braços cruzados – avisou o ex-presidente dos Estados Unidos. Ele passou a mão no uniforme, espanando os flocos de isopor usados no transporte. – É a nossa sobrevivência que está em jogo.

Larry não imaginava que mais ninguém além de Ahkmenrah se juntasse a ele e Nick em sua jornada à Inglaterra. Mas, afinal de contas, um a mais, um a menos, que diferença fazia?

– Boa ideia – concordou Larry. Olhou para o ex-presidente e fez que sim com a cabeça. – Teddy. Um bom ajudante para ter em meio a uma crise.

Larry ficou surpreso ao ver Átila, o Huno, sentar-se em meio a uma explosão de flocos de isopor. O encorpado guerreiro seguiu Teddy para fora da caixa.

Larry soltou um suspiro.

– Legal... um pouco de força bruta nunca é demais.

Teddy passou rente ao huno e tomou a mão delicada de Sacajawea.

– Maravilhosas habilidades de rastreamento – disse Teddy ao ajudar a indígena americana a sair da caixa. – Sem falar na amizade que a cada dia se torna mais profunda e gratificante – levou a mão dela aos lábios e deu um beijo carinhoso.

Larry revirou os olhos.

– Que romântico.

Mais flocos de isopor irromperam da caixa. Subitamente, quatro mãozinhas apareceram na borda do recipiente aberto. Jed e Octavius arrastaram-se até a borda.

Larry balançou a cabeça.

– Não chega a ser completamente necessário. Mas... acho que vocês dois podem fazer o reconhecimento...

De repente, Dexter irrompeu da caixa aberta em uma explosão de flocos de isopor. O macaco travesso aterrissou na borda da caixa e sorriu para todos.

Larry virou-se para Teddy.

– Quer me explicar o que cargas d'água está acontecendo aqui?

– Na real, eu o amarrei numa meia e o tranquei dentro do armário dos arquivos do diretor McPhee – contou Teddy. – Ele é uma espécie de macaco Houdini, aquele mágico que escapava de tudo.

Dexter não foi o último a dar as caras. Dedos peludos apareceram na borda da caixa. Laaa, o gêmeo neandertal de Larry, impulsionou-se para fora da caixa de madeira. Os olhos do homem das cavernas se arregalaram ao ver Larry.

– Papá!

Larry apertou os lábios.

– Nenhum benefício possível.

O rosto de Ahkmenrah enterneceu-se.

– Ele queria muito nos acompanhar.

Laaa tropeçou para fora da caixa e caiu de pé na frente de Nick. Laaa fitou o rapaz com desconfiança.

– Laaa, este é meu filho, Nick – apresentou Larry. – Meu filho de verdade.

– E aí – saudou Nick ao estender o braço para trocar um aperto de mão com Laaa. O neandertal só ficou olhando para o rapaz.

Teddy juntou as mãos enluvadas e entrelaçou os dedos.

– Muito bem, Lawrence. Qual é o plano de ataque?

Larry falou para o seu círculo de amigos.

– Basicamente, precisamos chegar à ala egípcia. Com sorte, o pai de Ahk vai conseguir nos ajudar a corrigir o que há de errado com a placa.

Larry correu o olhar ao redor, encarando um por um dos amigos. Laaa não estava ali. Em vez disso, permaneceu junto à caixa, olhando fixo para eles e mastigando um punhado de flocos de isopor, como se fossem de pipoca.

Larry balançou a cabeça e caminhou em direção ao homem das cavernas.

– Tá legal. Sabe de uma coisa, Laaa? Eu adoraria trazer você com a gente. Mas tenho um trabalho superimportante para você. Venha cá.

Laaa deixou cair os flocos de isopor e foi atrás de Larry. Lançou a Nick um olhar triunfante enquanto ele e Larry caminhavam rumo à porta que conduzia ao exterior.

Larry apontou para a porta de metal.

– Quero que você fique vigiando esta porta. Não deixe ninguém entrar e nem sair. Deixe-a lacrada. Você vai ser um guarda... igualzinho a mim.

Laaa fitou Larry com um olhar inexpressivo.

Larry mirou os demais.

– Será que ele entendeu o que eu disse?

Teddy sacudiu a cabeça.

– Acho que não.

– Nem uma palavra – acrescentou Sacajawea.

Larry apontou para a porta de novo.

– Ninguém entra. Ninguém sai – e apontou para o chão. – Ficar.

Laaa fez que sim com a cabeça.

– Ficaaar.

– Ótimo.

Larry deu um tapinha no ombro do homem das cavernas. Então Larry se virou para se juntar a outros. Só que Laaa o seguiu outra vez.

– Não, Laaa – disse Larry meneando a cabeça e apontando para a porta. – Você precisa ficar.

Laaa sorriu e balançou a cabeça com vigor.

– Ficaaar!

– Tá legal. Olha só – disse Larry conduzindo o neandertal pelo braço até a porta. Agarrou as mãos de Laaa e as colocou na porta. – Aqui. Mãos aqui. Entendeu? Paradinho.

Laaa olhou para as duas mãos e enfim pareceu entender. Grunhiu e sorriu para Larry.

– Ótimo. Parado aí – disse Larry se afastando devagarinho. – A gente volta para te buscar. E você precisa ficar.

– Ficaaaar – repetiu Laaa olhando fixamente para as mãos grudadas na porta.

Ao perceber que enfim Laaa não ia a lugar algum, Larry se apressou para se reunir com os demais. Foi rumo à porta dupla no outro lado da sala de logística. Nick e as peças de museu nova-iorquinas o acompanharam.

Larry parou diante das portas, virou-se para os outros e avisou:

– Prestem atenção. Este lugar está despertando pela primeira vez. Fiquem juntos. Não temos ideia do que há do outro lado desta porta.

Empurrou as duas folhas da porta e penetrou numa grande câmara escura. Os outros o seguiram devagar. Sons misteriosos de superfícies sendo arranhadas preenchiam o ar, e sombras escuras moviam-se ao redor deles. Estranhos uivos e gritos soaram ao longe.

Com o olhar arregalado, Átila girava o pescoço para todos os lados.

– Magga kalaskaa – sussurrou ele.

– É mesmo, grandão. Assustador – disse Larry dando um tapinha tranquilizador no ombro do huno. – Vamos andar em grupo

À medida que os olhos de Larry foram se ajustando à escuridão, ele conseguiu distinguir algumas das figuras disformes em torno deles. Pareciam estátuas vivas. De repente, três mulheres de mármore passaram correndo num feixe de luz adiante deles. De uma brancura de cera, elas usavam compridas togas esvoaçantes. Em circunstâncias normais, não teriam aparência tão tenebrosa. Mas a cada uma das três estátuas vivas faltava uma parte diferente do corpo. Uma, inclusive, nem cabeça tinha. As outras duas se viraram e apontaram seus olhares impassíveis e indiferentes para os recém-chegados.

Jed e Octavius espiaram para fora da borda do chapéu de pele de Átila.

– Que festinha mal-assombrada é esta? – indagou Jed.

– Estas esculturas são do Partenon – respondeu Octavius. – De antes do meu tempo. Grécia antiga.

– Todo mundo está achando isto bem apavorante, certo? – perguntou Nick, e acertou em cheio.

Repentinamente, o grupo de Nova York se viu cercado por cambaleantes vultos disformes. Um centauro desfigurado se aproximou mancando. Braços sem corpo se arrastavam para frente. Esculturas acéfalas estendiam os braços, revelando mãos sem dedos. Larry teve a sensação de estar no meio de um horripilante filme de zumbi.

– Vai ver que eles estão meio perturbados – explicou Larry.

– A primeira vez que acordamos... – acrescentou Teddy. – Bem, demora um tempinho até a gente se acostumar com o fato de estar vivo.

Uma estátua musculosa arrastou-se em direção ao meio das figuras que os rodeavam. O homem de pedra não tinha as duas mãos, e as pernas estavam atoradas abaixo dos joelhos. Veio riscando o chão de mármore até se aproximar de Larry. Parecia a estátua de um lutador.

Larry abriu um sorriso e falou para o homem de mármore:

– Olá. Não queremos confusão. Só estamos tentando chegar ao Egito.

Com velocidade surpreendente, a estátua mergulhou, tentando agarrar as pernas de Larry. O lutador aterrissou e deslizou de barriga no chão de mármore. Sem pestanejar, Larry executou um velho movimento de luta do qual se lembrava. Mergulhou nas costas da estátua. Com a barriga grudada nas costas da estátua, rodopiou ao redor. Continuou deslizando e aterrissou em pé, atrás do lutador.

Os olhos do Nick se arregalaram.

– O que diabo foi isso?

Larry ficou em posição agachada, pronto para enfrentar a estátua.

– No ensino médio pratiquei luta livre. Categoria até 67 kg.

– Está falando sério? – Nick levantou uma sobrancelha. – Você nunca me contou isso.

Larry assentiu com a cabeça.

– Sim, senhor. Terceiro lugar no campeonato regional de Kings County.

O lutador de pedra se esforçava para se reerguer. Por azar, seus membros quebrados não conseguiam se firmar no chão liso.

Larry sentiu pena do lutador. Em certa época, a estátua representou toda a força e todo o poder do esporte grego popular.

– Está tudo bem – disse Larry, ajoelhando-se ao lado da estátua. – Chão liso e... sem mãos nem pés. Complicado. Entendo.

O lutador se mexeu num espasmo, e uma perna de pedra surgiu voando do nada. Atingiu as pernas de Larry, passando uma rasteira nele. Num piscar de olhos, o lutador-estátua pulou em cima do guarda-noturno. Apertou a cabeça de Larry entre as coxas grossas e começou a espremer.

Larry bateu no chão com a palma aberta.

– Ei! Estou reconhecendo a derrota! – lançou o olhar para Teddy. – Sabe como se diz "reconhecer a derrota" em latim?

– Pai – disse Nick.

Larry olhou para Nick.

– O quê? – ele mal conseguiu perguntar com aquelas pernas lhe apertando o pescoço como se fossem mordentes de um torno.

– Pé – respondeu o filho.

Nick deslizou um pé de mármore pelo chão. O pé parou a poucos centímetros do rosto de Larry. Os dedinhos de pedra se mexiam.

Teddy sorriu.

– Torne-o inteiro, filho.

– Como é que é? – perguntou Larry já meio tonto com a falta de oxigênio no cérebro.

– A sequoia mais poderosa só é tão forte quanto as suas raízes, Lawrence – respondeu Teddy.

Larry esticou a mão, pegou o pé avulso e indagou ao lutador:

– Quer o pé?

Larry ergueu o pé, de cujo topo saía uma haste de metal. O aperto do lutador afrouxou o suficiente para Larry deslizar a haste na ranhura de um dos tornozelos da estátua. O lutador soltou Larry, examinou seu pé novo em folha, flexionou-o e sorriu.

– Que tal? – perguntou Larry. – Gostou disso? Quer o outro?

O lutador fez que sim com a cabeça ao levantar-se e saltitar como um saci. Sacajawea entregou a Larry o outro pé. Larry agachou-se e com cuidado encaixou o segundo pé no outro tornozelo do lutador e disse:

– Prontinho. E que belo arco na planta do pé, hein? – Levantou-se e gesticulou para a estátua. – Caminhe. Curta a sensação.

Por um instante, Larry se sentiu um vendedor de sapatos.

O lutador se apoiou nos pés novos. Andou em um pequeno círculo antes de atacar Larry mais uma vez.

– Ei! – Larry jogou os braços para cima e se esquivou.

Em vez de acertar outro golpe, a estátua abraçou Larry e o ergueu do chão em agradecimento. Quando a estátua enfim o libertou, Larry sorriu para seus amigos.

– Galera, vamos ajudar esse pessoal.

Larry pegou uma mão rastejante e a encaixou no pulso quebrado de um homem vestindo toga. Teddy e Sacajawea cataram braços e pernas avulsos e os distribuíram entre as estátuas. Nick recebeu um largo sorriso de agradecimento ao colocar uma cabeça feminina sobre um corpo sem cabeça. Com a ajuda de todos, membros de reposição foram encontrados para todas as estátuas do Partenon. É certo que nem sempre o membro se encaixava direitinho, mas nenhuma das peças de museu gregas pareceu se importar.

– Manda go soon daaah! – exclamou Átila, posicionando a cabeça de um cavalo no corpo de uma mulher descabeçada.

– Hã... – começou Larry, achando que deveria corrigir o engano de Átila. Mas ficou sem palavras quando a mulher com cabeça de cavalo passou a mão em suas crinas luxuriantes. Abriu um sorriso dentuço para Átila. O guerreiro huno revirou os olhos e ficou todo encabulado, com as bochechas vermelhas.

Dexter tagarelou ao erguer um nariz quebrado para um centauro. Essa estátua em especial já parecia desparceirada. Representava a criatura mítica com torso de homem e corpo de cavalo e estava quase completa. Só faltava o nariz. Com passos ruidosos, o centauro se aproximou do macaco. Dexter sorriu travesso e fugiu do alcance do centauro.

– Dex... – advertiu Larry.

O macaco não deu atenção ao aviso de Larry. Em vez disso, Dexter segurou o nariz junto à própria cabeça e deu sua risadinha de macaco. O centauro sem nariz bufou e bateu um casco contra o piso de mármore. Dexter girou e saiu em disparada sala afora. O centauro galopou atrás dele.

– Dex! – gritou Larry ao partir no encalço dos dois.

Seguiu o centauro até uma comprida câmara. Na porta se lia: Salão da Caça. Cabeças de animais empalhadas, montadas em tabuletas de madeira, revestiam os painéis das paredes. Animais exóticos do mundo inteiro: javalis, rinocerontes, carneiros com chifres ondulados. A mágica da placa também havia funcionado com as criaturas empalhadas. As cabeças dos animais se viraram para assistir Larry passando na corrida.

Larry deslizou até parar ao lado do imponente centauro. A criatura bufou ao olhar o bonito lustre lá no teto do salão. O lustre balançava para lá e para cá com Dexter dependurado nele.

Larry colocou as mãos na cintura e olhou para o macaco lá em cima.

– Dex, dê o nariz para o cavalo.

Dexter sorriu de novo e em seguida jogou o nariz de mármore para a criatura mítica lá embaixo. O centauro o pegou com uma das mãos e o encaixou em seu rosto. Agora completo, o centauro bufou mais uma vez e se afastou batendo os cascos rumo à galeria grega.

As cabeças montadas viraram os pescoços para vê-lo partir. Depois acompanharam os movimentos do restante dos amigos de Larry, que foram entrando no salão.

Larry apontou para o macaco.

– Dex, se você fizer algo assim de novo… – começou Larry.

Terminou sua ameaça apontando para as cabeças de animais ao redor dele. Dexter pareceu captar a mensagem. Saltou do poleiro e saiu em disparada atrás do restante do grupo.

De repente, a terra tremeu. Os lustres tilintaram e as cabeças empalhadas chacoalharam nas paredes. As vibrações imensas eram rítmicas, como se fossem causadas por passos – os passos de algo com pés colossais.

O barulho foi aumentando. Súbito, a fonte sonora deu uma volta e apareceu no campo de visão.

Com passos ecoantes, um esqueleto de dinossauro penetrou na outra extremidade do salão. Movia-se pesadamente sobre quatro pés ósseos e balançava a cauda esquelética. Dois chifres se projetavam da franja que circundava o topo do crânio. Bem na frente dos olhos ocos, outro chifre saltava do focinho ósseo. O esqueleto fossilizado de um colossal tricératops.

– Lawrence, eu acho que podemos dizer, sem sombra de dúvida: estamos em apuros – ponderou Teddy.

Aproximou-se furtivo de Larry enquanto o dinossauro avançava com passos retumbantes.

– Se alguém precisar da gente, vamos estar aqui embaixo – avisou Octavius.

Ele e Jedediah se esconderam atrás da borda do chapéu de pele de Átila.

Primeiro, Larry ficou atônito com a aproximação do fóssil vivo. Mas de repente avistou algo pendurado na parede entre as cabeças de animais empalhadas.

– Sei como dar um jeito nesse camarada – anunciou Teddy.

Larry correu em direção à parede e ergueu uma imensa presa de elefante de uma tabuleta ornamentada. Segurando a pesada haste de marfim com as duas mãos, deu um passo à frente para interceptar o dinossauro que se aproximava.

– O que está fazendo, pai? – quis saber Nick.

Larry abriu um sorriso por cima do ombro.

– Como acha que eu domei seu amigão, o Rexy? – indagou ele.

Quando Larry se tornou o guarda-noturno no Museu de História Natural, a primeira criatura que ele viu ganhar vida foi Rexy – o aterrorizante esqueleto de um *Tyranossaurus rex*. E no começo Larry não soube o que fazer. Para sorte dele, Cecil, o guarda-noturno anterior, havia deixado uma lista específica de instruções. Número um naquela lista: *Jogue o osso.* Larry logo percebeu que Rexy mais parecia um cão gigantesco. Com a diferença de que ele era um cachorrão que gostava de brincar de pega-graveto com um dos seus próprios ossos da costela.

Larry ergueu a presa de marfim ao se aproximar do tricératops.

– Ei, miguxo – falou em voz suave, agitando a presa no ar. – Quer brincar de pega-graveto?

O esqueleto de dinossauro parou e apontou suas órbitas ocas para a presa de marfim. Sua cabeça com chifres acompanhou a presa de marfim enquanto Larry a balançava de um lado para o outro.

– É, vai ser divertido – prosseguiu Larry, erguendo a presa de marfim acima de sua cabeça. – Tá pronto? – ele curvou o corpo para trás e arremessou a presa sobre a cabeça do dinossauro. – Pega!

O esqueleto virou o crânio e assistiu à presa de marfim aterrissar no fundo do comprido salão. Ao cair no chão, a haste retiniu e deslizou rodopiando. Tão logo o marfim parou, o tricératops virou a cabeça de novo para Larry.

– Pega, miguxo!

Larry acenou com as mãos para longe. O dinossauro inclinou a cabeça, como se tentasse entender.

– É tudo com você – continuou Larry. – Vamos lá.

O esqueleto fossilizado endireitou a cabeça e abriu a bocarra.

– *ROOOOOOOOOAAAAAAAAR!*

– Ops – disse Nick. – Pelo jeito, ele não gosta muito de pegar graveto.

– Lawrence, eu posso sugerir um plano B? – indagou Teddy.

Devagarinho, Larry se afastou do dinossauro.

– E qual seria esse plano?

Teddy respirou fundo.

– Corram!

4

LARRY E OS OUTROS DISPARARAM pelo Salão da Caça com o gigantesco esqueleto no encalço deles. As cabeças de animais empalhadas viraram o pescoço todas de uma só vez, assistindo ao desfile frenético. O grupo saiu do salão e dobrou à direita em outro corredor. A pesada criatura não conseguiu fazer a curva assim tão facilmente. O esqueleto esbarrou em um estojo de vidro perto da parede. Ferramentas e artefatos antigos se espalharam por todo o lado. Os fugitivos ganharam tempo com a colisão, mas não muito.

– Eu achava que os tricératops eram vegetarianos! – exclamou Nick.

– Ele não quer nos comer – avaliou Ahkmenrah. – Só quer nos matar!

Larry avistou a entrada para outra exposição. Na entrada um grande quadro anunciava a exposição de História e Mito da Idade Média. Adiante havia uma espaçosa galeria repleta de tapeçarias, armaduras e armas medievais. Larry não se atraiu pela exposição propriamente dita. Mas se interessou pelas duas grandes portas de madeira, uma em cada lado da entrada.

– Sigam-me! – ordenou ele.

Todos enveredaram pela entrada. Depois que todos os seus amigos estavam lá dentro, Larry fechou as portas maciças. Apanhou um grande machado de batalha da parede e empurrou seu cabo através dos puxadores das portas, trancando-as.

Larry recuperou seu fôlego.

– Acho que nos safamos.

De repente, as portas se estilhaçaram num aglomerado de lascas de madeira, e através dos fragmentos surgiu a cabeça do tricératops. O grupo se espalhou na direção contrária enquanto o esqueleto de dinossauro atravessava as portas com um impulso. A imensa criatura arremeteu contra eles e girou a cabeça para um lado. Um dos seus chifres se enganchou numa das tiras da mochila de Nick.

– Nick! – gritou Larry.

A besta sacudiu a cabeça e Nick voou pela sala. A mochila se abriu com violência, fazendo a placa dourada voar para fora. Nick caiu para um lado, e a placa, para o outro, deslizando no chão aos rodopios. O rapaz amorteceu a queda com as mãos.

– Estou bem! – avisou ele. Reergueu-se e correu na direção da placa.

– Volte para trás! – mandou Larry.

– Peguei!

Nick não escutou. Mal havia dado alguns passos quando o dinossauro olhou para o lado dele. Nick ficou paralisado.

– Volte para trás! – repetiu Larry. – Não estou brincando!

Nick foi recuando lentamente, e a besta esquelética

abaixou a cabeça. Estava pronta para atacar. Pronta para atacar o filho de Larry.

Com agilidade, Larry deu um passo à frente e acenou os braços acima de sua cabeça.

– Ei, amigão! Aqui! Você e eu!

O tricératops virou a cabeça na direção de Larry e bufou. Larry ficou acenando até o dinossauro virar-se todo para enfrentá-lo. Passo a passo, Larry se aproximou de um mostrador nas proximidades e levantou uma clava da parede. A arma medieval tinha um longo cabo de madeira com uma bola de ferro cravejada numa das pontas.

– Quer pegar? – indagou Larry, brandindo a arma pesada com as duas mãos. – Vem pegar isto aqui!

– O que significa isto? – quis saber Nick.

O esqueleto gigante urrou e foi se aproximando pesadamente de Larry. O guarda-noturno balançou a clava na frente dele, tentando manter a criatura afastada. Com incrível velocidade, o dinossauro fez uma investida e mordeu a clava. O cabo de madeira quebrou ao meio. Para Larry sobrou apenas uma vara curta, e a parte mais eficiente da arma caiu através das mandíbulas do esqueleto. A bola cravejada retiniu no chão.

Antes de Larry pensar em reagir, o tricératops avançou. Pressionou Larry contra uma armadura junto à parede. O chifre nas fuças do esqueleto estava a poucos centímetros do rosto de Larry e cada vez mais perto, pois a criatura queria mordê-lo. Os dois chifres mais compridos do dinossauro cravaram na parede, um em cada lado da armadura. Por sorte, ambos tinham o comprimento exato para impedir que a criatura conseguisse abocanhar Larry. Frustrado, o tricératops soltou mais um rugido aterrorizante.

– *ROOOOOOOOOAAAAAAR!*

– Precisa de uma mãozinha, amigo? – perguntou uma voz abafada atrás dele.

Larry se contorceu para espiar por cima do ombro. Parecia que a voz vinha da armadura.

– Abaixe-se! – ordenou a voz.

Ele obedeceu, e a armadura entrou em ação. O cavaleiro ergueu o braço direito, brandindo uma espada reluzente. A lâmina pesada bateu contra o focinho do tricératops. O dinossauro cambaleou para trás, atordoado.

Larry aproveitou a deixa e, com um salto, saiu do meio da briga entre cavaleiro e dinossauro. Estando Larry a salvo, o cavaleiro deu um passo à frente e ergueu a espada para outro golpe. Desta vez, o tricératops estava prevenido. Abaixou a cabeça e aparou o golpe em um dos longos chifres. Mas o cavaleiro não desanimou. A cintilante armadura fez um giro e desferiu novo golpe com a lâmina brilhante em direção à besta. O esqueleto também se defendeu desse golpe, mas teve de recuar diante do novo adversário.

Larry se juntou a Nick e aos outros para assistir ao incrível duelo. Embora o tamanho do dinossauro fosse intimidante, o cavaleiro não demonstrava medo algum. Com ágeis movimentos de espada, defendia-se das chifradas da criatura e de suas perigosas mandíbulas. O monstro colossal sacudia a cabeça, golpeando e investindo contra o inimigo da armadura.

O dinossauro rosnou frustrado e recuou vários

passos. Abaixou a cabeça e, como se fosse um touro bravo, cravou uma de suas patas com garras no chão. Estava prestes a atacar. Quando o bicho se lançou à frente, o cavaleiro contra-atacou. Subitamente, antes de os dois colidirem, o herói da armadura caiu de joelhos e jogou o torso para trás. Deslizou no chão, por baixo do dinossauro. O cavaleiro usou a espada para passar uma tranca nas pernas dianteiras do esqueleto, derrubando-o. O dinossauro rosnou ao deslizar de joelhos, cabeça à frente, na direção de Larry e dos outros. Parou a poucos centímetros deles, e o cavaleiro se ergueu atrás da criatura.

A terra tremeu quando o tricératops se levantou. Girou para enfrentar o cavaleiro e sua longa cauda óssea balançou ao redor.

– Cuidado! – avisou Larry.

Todo mundo foi rápido o suficiente para se abaixar e evitar a rabanada – todo mundo, menos Átila. Os ossos lhe atingiram no peito e o arremessaram voando pela sala.

Enquanto o cavaleiro e o dinossauro continuavam sua batalha, Larry correu para acudir Átila. O huno estava atordoado, mas bem. Só um guerreiro como Átila suportaria um golpe tão poderoso. Guerreiro e manequim de cera.

Larry estava prestes a ajudar Átila a se erguer, quando o dinossauro rodopiou de novo. Desta vez, Átila viu os ossos se aproximando, atirou-se para trás e escapou a tempo. Larry se levantou num pulo, e a cauda passou entre ele e Átila. Os dois grunhiram quando

Larry despencou em cima do huno. Olhou por cima do ombro e viu o rabo erguer-se bem alto. Ele e Átila gritaram juntos quando a cauda balançou de novo na direção deles. Grudados um ao outro num abraço de urso, os dois rolaram bem na hora em que a cauda óssea se espatifou no chão.

Larry e Átila se levantaram meio trôpegos, enquanto o cavaleiro e o dinossauro continuavam a batalha. De repente, o bravo cavaleiro fez algo bastante incomum para um bravo cavaleiro: ele fugiu. Correu pelo salão com o tricératops galopando atrás dele. Larry franziu a testa, relanceando o olhar para Átila. O guerreiro huno encolheu os ombros.

O cavaleiro encouraçado correu direto para uma saída no outro extremo da galeria. Até que, no último minuto, ele desviou à esquerda e foi em direção a uma grande coluna de mármore. Sem diminuir a velocidade, aproximou-se do pilar, subiu nele e mergulhou lá de cima numa cambalhota acrobática. O dinossauro se espatifou no pilar, e o cavaleiro desceu pelo dorso da fera, como se fosse um escorregador. O cavaleiro fez uma pirueta com a espada ao se aproximar a passos gingados de Larry e dos outros.

– Agora que as coisas começam a ficar interessantes – disse o cavaleiro.

Atrás dele, o dinossauro se reergueu, meio bamboleante. O bicho balançou a cabeça e correu o olhar em volta, à procura de seu inimigo. Avistou o cavaleiro e girou seu corpo ósseo. A besta abaixou sua cabeça e atacou o cavaleiro.

Larry apontou sobre o cavaleiro do ombro.

– Hã, acho que é melhor você... olhar para trás.

O cavaleiro chegou mais perto e entregou a espada para Larry.

– Segura isto para mim, por favor?

Larry pegou o punho da espada, e a lâmina pesada retiniu contra o chão. O cavaleiro deu risada e na última hora se virou para enfrentar o dinossauro. O herói da armadura deu um passo para trás e acertou um soco no focinho do animal. O colossal esqueleto estacou de supetão, como se tivesse se chocado contra uma parede de tijolos. Soltou um gemido antes de dar meia-volta e fugir correndo.

– Uau. Essa foi boa – comentou Nick.

O cavaleiro avistou a placa de ouro caída no chão. Foi até lá e a pegou. Girou a placa nas mãos. Em seguida, trouxe-a até Larry.

– Obrigado – Larry pegou a placa e devolveu a espada ao cavaleiro. – Foi... incrível.

O cavaleiro embainhou a espada e desafivelou a lateral do capacete. Devagarinho, ele foi tirando o elmo. Madeixas loiras esvoaçaram. Olhos azuis cintilavam no rosto de barba bem aparada.

– Sir Lancelot – apresentou-se ele. – Às suas ordens.

– O *verdadeiro* Sir Lancelot? – indagou Teddy com os olhos arregalados. – De Camelot?

Lancelot abriu um sorriso de um branco reluzente.

– E existe outro?

– Li sobre você, quando eu era garoto – contou Teddy, também abrindo um largo sorriso. – Lancelot,

Rei Arthur, Guinevere, os Cavaleiros da Távola Redonda!

Larry olhou para Teddy. Nunca tinha visto o homem tão impressionado.

Teddy parecia um tiete.

– Tudo o que sei sobre coragem, honra e cavalheirismo, aprendi com você.

O cavaleiro fez um gesto com a cabeça.

– Obrigado.

Teddy adiantou-se para apertar a mão do cavaleiro.

– Theodore Roosevelt. Presidente dos Estados Unidos da América.

– Ahkmenrah. Quarto rei dos quatro reis – explicou o faraó. – Estamos em dívida com o senhor.

Átila se adiantou e bateu com o punho no peito.

– Átila. Dahkmor harash.

Lancelot abriu um sorrisinho para o huno, mas abanou a cabeça.

– Não faço ideia do que isso significa.

Sacajawea deu um passo à frente.

– Meu nome é Sacajawea.

O cavaleiro curvou a cabeça e, em seguida, delicadamente, pegou uma das mãos de Sacajawea.

– Estas paragens são perigosas. Aqui não é lugar para o sexo frágil.

Sacajawea levantou uma sobrancelha.

– Como é?

Com um gesto, Lancelot mostrou os arredores.

– Uma mulher é muito delicada para uma aventura dessas.

Sacajawea afastou a mão dele com desdém.

– Quando atravessei cinco mil quilômetros de terras ermas e desconhecidas, calçando um par de mocassins, com um neném amarrado nas costas, acabou a nossa comida e eu tive de comer velas. Acho que vou ficar bem – concluiu ela, assentindo com a cabeça.

Lancelot deu uma risadinha.

– Não se preocupe, minha senhora – e com um gesto mostrou os demais. – Aqui existem homens corajosos para protegê-la.

Sacajawea revirou os olhos.

– Sorte a minha – e estava prestes a acrescentar algo, mas Teddy pegou a mão dela e deu um sorrisinho nervoso.

Dexter marchou até o cavaleiro e soltou um gorjeio.

– Este é o Dexter – apresentou Larry.

O cavaleiro se abaixou para ver o macaco. O rosto de Lancelot se aproximou, e Dexter ergueu a mãozinha, pronto para dar um tapa.

– Dex – alertou Larry. – Olha os bons modos!

Em vez de fazer sua traquinagem de costume e dar uma bofetada no rosto do cavaleiro, Dexter abaixou a mão e fez uma respeitosa reverência. Encerrou o gesto com um floreio elaborado da outra mão. Lancelot caiu na risada e se levantou.

– Tá bom – apoiou Larry com uma carranca. Ficou surpreso ao ver o macaco agir civilizadamente para variar. Balançou a cabeça e olhou para o cavaleiro. – Sou o Larry, e este é meu filho, Nick.

Lancelot cumprimentou Nick com uma sutil reverência.

– Você tem um rosto nobre, Nick.

– Puxa, obrigado – agradeceu o rapaz.

Lancelot estudou as feições de Larry e apontou para ele.

– Quanto a você… me lembra um sujeito que conheci em Camelot.

– É mesmo? – sorriu Larry. – Um dos Cavaleiros da Távola Redonda?

Lancelot meneou a cabeça.

– Erik. Nosso bobo da corte.

Larry franziu a testa.

O sorriso de Lancelot se ampliou, e ele se dirigiu aos outros.

– O bobo da corte mais engraçado que já conheci. Ele era tão bom, que nem precisava dizer nada. Só entrava na sala e a gente já começava a rir.

O cavaleiro se virou de novo para Larry, observou o rosto dele mais um pouco e então caiu na gargalhada. Larry balançou a cabeça.

– Você tem o que ele tinha – disse o cavaleiro entre uma risada e outra. – O talento! Você bem que podia ser um bobo da corte. Era só usar um daqueles chapeuzinhos engraçados. Com os sininhos, sabe?

Larry suspirou e acenou com a cabeça.

– Sei.

Os olhos de Lancelot se esbugalharam.

– Sei – repetiu ele, quase chorando de tanto rir. Olhou para os outros. – Eu não disse a vocês? Ele tem o talento! – Com a mão na barriga, soltou um bramido e respirou fundo. – O olhar despretensioso. A expressão impassível. Quase uma cara de tacho. – Apontou para o olhar despretensioso e impassível de Larry. – E, mesmo assim, é cômico! Como Erik!

Larry assentiu com a cabeça.

– Obrigado. Está bem.

Lancelot soltou uma gargalhada bufante e com um aceno pediu para Larry parar. O cavaleiro puxou um comprido lenço de seda, guardado no punho de uma das manoplas, e enxugou as lágrimas dos olhos. Decorado com graciosos bordados, o lenço mostrava a imagem de um imponente castelo cercado por bosques pacíficos.

Lancelot ergueu o desenho bordado.

– Ah, que saudades de Camelot! – ele se virou para os outros. – Faz tanto tempo que saí de lá. E um dia, vou voltar. Para suas torres poderosas. Para o Rei Arthur e a Rainha Guinevere. – Cheirou o lenço. – A doce, amável, loira e bela Guinevere.

Teddy inclinou-se à frente e cochichou ao pé do ouvido de Larry.

– Lancelot protagonizou muitas lendas, mas um fio costura todas elas: ele se apaixonou loucamente por Guinevere, a esposa do Rei Arthur.

Larry franziu a testa.

– Por que está me dizendo isso?

Teddy deu de ombros.

– Presumi que você não soubesse desse detalhe.

Larry abriu a boca com a intenção de dizer que

todo mundo sabia desse detalhe. Ele se conteve e deu um tapinha no ombro de Teddy.

– Tem razão. Obrigado.

Lancelot guardou o lenço de volta na manopla.

– Mas prometi não voltar antes de completar a minha busca. – Assumiu uma pose altiva e ergueu um dedo bem alto. – Tenho de encontrar... o Santo Graal!

Larry relanceou o olhar para os outros e depois de volta para Lancelot.

– Bem, boa sorte na empreitada – abanou para o cavaleiro. – Muito obrigado pela ajuda. Aquilo foi impressionante. Só estamos tentando chegar ao Egito – apontou para a porta. – Por ali?

Os olhos de Lancelot se esbugalharam.

– Serei o seu guia!

Larry ergueu a mão.

– Não, não. Tudo bem.

Lancelot desembainhou a espada e a rodopiou.

– Há uma estranha magia no ar e animais perigosos estão soltos. Eu sigo o código da *cavalaria.* O dever de um verdadeiro cavaleiro é proteger e cuidar de quem precisa. – Marchou em direção à saída. – Vamos partir!

– Acho que ele vem com a gente – disse Larry. – Ok, legal. Nick, Teddy, Dex... – correu o olhar em volta. – Onde estão Jed e Octavius?

Todo mundo começou a examinar o chão. Átila deu uma batidinha na borda do seu chapéu de pele. Franziu a testa.

– Bor doshala!

Eles tinham desaparecido.

5

LARRY TOMOU A DIANTEIRA e comandou o grupo no caminho de volta ao Salão da Caça. O museu era enorme e seus diminutos amigos eram... diminutos. Larry não escondia a preocupação. E se não conseguissem localizá-los nesse ambiente novo e estranho?

– Devem ter caído no meio da correria – ponderou Teddy.

– Octavius! – chamou Ahkmenrah.

– Jedediah! – gritou Teddy.

Sacajawea ajoelhou-se e examinou os detritos espalhados pelo chão. Perita em localizar vestígios, ela rapidamente descobriu o rastro deles.

– Ah! Eles caíram e rolaram aqui – exclamou, debruçando-se. – Depois... sumiram.

Correu o olhar em volta e se deparou com uma grelha de ventilação em forma de retângulo, rente ao chão. Larry se ajoelhou ao lado dela e examinou a saída da ventilação. As aletas compridas estavam afastadas o suficiente para que as pequeninas miniaturas se esgueirassem por entre elas. Para confirmar a hipótese, Sacajawea abaixou-se e arrancou um pedacinho de tecido vermelho preso a uma das aletas.

Ergueu a pista e mostrou para Larry. Era a capa de Octavius.

Larry se abaixou perto da grelha de ventilação.

– Jed! Octavius! – Ninguém respondeu.

– Os dois não vão durar muito tempo nesses dutos de aquecimento, Lawrence – avaliou Teddy.

Larry se ergueu num pulo e observou a área. Localizou o que estava procurando e correu para a parede. Digitou alguns botões no painel de controle do aquecimento.

– E... desligando.

O suave zumbido do sistema de aquecimento do museu desvaneceu-se em silêncio.

Átila se agachou e pôs o rosto perto da grelha de ventilação.

– Koolaskadiah! Bchactavious! – virou a cabeça para ouvir uma resposta. Esperou por um momento e então balançou a cabeça. – Moskasheeloo.

Larry juntou-se a Átila ao lado da grelha de ventilação. Destacou a proteção laminada.

– Certo. Eles podem estar em qualquer ponto nos dutos do sistema de aquecimento. – Virou-se para o macaco-prego. – Dex, você vai entrar.

O macaquinho guinchou com raiva e fez que não com a cabeça.

Larry soltou um suspiro.

– Escuta, Dexter. Sei que a gente vive entre tapas e beijos. Sempre tivemos nossas desavenças. Mas isto é maior do que nós. – Apontou para o duto de ventilação aberto. – Os pequenos estão correndo risco. Sozinhos, assustados e tremendo de frio.

– Eles estão nos dutos de aquecimento, pai – frisou Nick.

Larry lançou um olhar frustrado a Nick. Depois se virou para Dexter outra vez.

– Pior ainda. Sozinhos, assustados e... suando de tanto calor.

Dexter abaixou a cabeça.

Larry pôs a mão no ombro do macaco.

– Vamos lá, amigo. Só você pode salvá-los.

Dexter deu um sorrisinho nervoso e fez que sim com a cabeça.

– Excelente – disse Larry. Estendeu a mão para Nick. – Preciso do seu celular. Para Dex.

Nick levantou uma sobrancelha.

– Ué, e por que não dá o seu celular?

– Nick – disse Larry.

Lancelot balançou a cabeça.

– Não estou entendendo bulhufas do que está acontecendo aqui.

– E eu muito menos – concordou Nick. Relutante, tirou o celular do bolso.

Teddy se debruçou para fazer um comentário.

– Lawrence, Dexter é um macaco inteligente, mas não acredito que ele consiga fazer uma ligação telefônica.

Larry balançou a cabeça.

– Não vai precisar. O meu celular está configurado para rastrear o celular do Nick.

Nick examinou o celular dele.

– Como é que é? Rastrear meu celular?

– Sim, Nick – respondeu Larry. – Sou seu pai e cuido de você.

Nick lançou um olhar furioso para o pai dele.

– Espionar alguém não é a mesma coisa que cuidar de alguém.

– Eu estava preocupado com você – explicou Larry. – Preocupado com você... socialmente falando.

– Por quê? – quis saber Nick.

Larry assentiu com a cabeça.

– Todas as noites eu conferia o seu paradeiro. Você nunca saía de casa – disse Larry, revirando os olhos. – Claro que agora isso faz bastante sentido.

Nick estendeu a mão com o celular.

– Uau. Ok, pega aqui... E pode ficar com ele. Não quero mais.

Larry pegou o celular e o depôs sobre um mostrador de exposição estilhaçado. Arrancou um par de tiras de tecido do mostrador e as amarrou ao redor do telefone. Agachou-se ao lado de Dexter e ergueu o olhar para Nick.

– Quer enviar uma mensagem de última hora? iChat? gChat? snapChat?

Nick cruzou os braços.

– Não, tá tranquilo.

– Certo, porque vou amarrar o aparelho nas costas do macaco – avisou Larry, amarrando as tiras nos ombros de Dexter. Depois de pronto o serviço, Dexter carregava o celular nas costas, como se fosse uma pequena mochila.

– Certo, Dex – disse Larry. – Traga-os para casa, amigo. Macaco na toca!

Dexter despediu-se com uma rápida saudação e pulou no duto de ventilação aberto. Rastejando, o macaquinho sumiu de vista. Um longínquo "UUUIIIÁ!" ecoou no duto de ventilação quando o celular de Nick recebeu uma mensagem de texto.

Larry tirou o celular do bolso e rolou a tela até abrir o aplicativo de rastreamento. Na mesma hora, a tela exibiu um minúsculo ponto azul, representando o celular de Nick. O ponto se afastava lentamente do centro da tela.

Larry foi caminhando na direção do ponto na tela, e os demais foram atrás dele. Os outros se agruparam enquanto Nick vinha na retaguarda, com cara de poucos amigos.

Sacajawea vinha quase ao lado de Larry.

– Os melhores batedores de nossa tribo Shoshone aprenderam a pensar como os animais – contou ela. – Assim eles sabiam de seu paradeiro, mesmo quando perdiam o rastro.

Com um aceno de cabeça, Larry mostrou o celular.

– Pois é, e o pontinho azul também ajuda.

Sacajawea virou o pescoço e olhou para Nick.

– É uma idade difícil. Mas é bom que ele esteja aqui. Uma viagem ensina muitas coisas. Nunca me arrependi de levar meu filho comigo em minhas viagens.

Larry ergueu o olhar.

– É mesmo? Acha que ele aprendeu algo?

– Claro que não, ele era um neném – respondeu Sacajawea abrindo um sorriso. – Mas eu aprendi um montão de coisa.

O grupo seguiu pelo corredor, passando defronte às entradas de muitas exposições incríveis. Larry não deu importância a elas. Em vez disso, concentrava sua atenção no minúsculo ponto azul que representava o celular de Nick. Quando o grupo se deparou com uma intersecção de quatro corredores, Larry analisou a telinha do celular para ver em qual direção o ponto azul se movia.

– Ok. Direita, volver – disse Larry.

Uma gargalhada eclodiu atrás dele.

– Direita, volver... – repetiu Lancelot com uma risadinha. – O talento de ser engraçado. Obrigado, meu amigo.

Larry se virou e fitou Lancelot.

– Eu falei "direita, volver"...

Lancelot sorriu e fez que sim.

– Foi o *jeito* que você falou.

Larry balançou a cabeça e voltou a rastrear Dexter. Foram seguindo o sinal até que o ponto azul os conduziu através de um grande arco que servia de entrada a um átrio gigante. Larry desviou a atenção do celular ao absorver a sensacional visão à sua frente. O colossal espaço estava forrado com recém-despertas peças de museu do mundo inteiro. Garças de bronze japonesas planavam lá no alto, bem pertinho da abóbada de vidro. Um leão de pedra lambeu a pata e a esfregou na cabeça. Parecia um filhote graúdo se limpando. Dois enormes lamassus assírios se digladiavam no canto. Os lamassus eram criaturas míticas com corpo de leão, asas de águia e cabeças humanas com longas barbas. Os estranhos animais pareciam filhotes brincando de luta, trocando patadas e rolando pelo chão. Um cavalo encouraçado passou a trote em uma direção, enquanto esculturas de pavão persas andavam orgulhosas, resplandecentes com suas pedras preciosas.

O olhar de Larry logo voltou ao ponto azul no celular. Foi atravessando o átrio com o grupo atrás dele, todos seguindo o rastro de Dexter.

Lancelot apertou o passo e ficou ao lado de Larry.

– Primeira busca? – perguntou o cavaleiro.

– Na verdade, não – disse Larry.

– Você sempre coloca o macaco no comando? – quis saber Lancelot.

Larry balançou a cabeça.

– Ele não está no comando, só estamos indo para onde ele vai.

– Estar no comando é isso – explicou Lancelot. – Achei que vocês queriam ir para o Egito.

Larry franziu a testa.

– E estamos indo. Mas antes temos de resolver isto.

Lancelot deu uma risadinha.

– Não é assim que a busca funciona, meu amigo. A busca é uma coisa só. Não é... encontrar o Santo Graal *e* um macaco.

– Certo... meus ajudantes estão desaparecidos e Dexter vai encontrá-los – disse Larry.

– Há quanto tempo você conhece esses sujeitos? – indagou Lancelot. – Os que estão faltando. Os pequenos trolls?

Larry fez uma carranca.

– Nada de trolls. São miniaturas. Meus amigos.

– Amigos caem no esquecimento – ponderou Lancelot. – Os fracos perecem. Acontece em todas as buscas. É por isso que temos exércitos em vez de apenas... duas pessoas.

– Escute aqui. Estou indo para o Egito justamente para salvar os meus amigos – revelou Larry. – Quer dizer, não são duas coisas. É uma coisa só.

– Certo. Então, qual é a busca? – perguntou Lancelot, esfregando as mãos, ansioso. – Ouro? Espada flamejante? Fonte da juventude?

– Placa mágica – respondeu Larry.

– Huum... – assentiu Lancelot com ar de sabe-tudo. – E cadê essa tal placa mágica que você procura? Mora no grande e vasto mundo desconhecido, além da esperança e do sonho?

– Negativo. Bem ali. – Larry apontou com o polegar por cima do ombro. – Aquele troço que o Ahk está segurando.

Lancelot se debruçou para perto.

– Não deve ser tão difícil de tirar dele – sussurrou o cavaleiro. – Ele parece bem tonificado, mas esmilinguido.

– Não, não estou tentando pegar a placa. Estou tentando consertá-la – explicou Larry. – Tem algo de errado com ela – disse ele, balançando a cabeça. – Sabe de uma coisa? É meio complicadinho.

Lancelot encolheu os ombros.

– Talvez deixe de ser complicado se você parar de seguir um chimpanzé.

– Chimpanzé, não – protestou ele. – Macaco-prego.

Quando o ponto azul parou na tela, Larry também parou. Os outros passaram por ele, admirando todas as peças de museu vivas a seu redor. Lancelot aproximou-se de Teddy.

– O bobo da corte parece agitado – murmurou Lancelot.

Larry balançou a cabeça, contrariado, mas manteve o olhar fixo no ponto azul.

– Ele tem lá o jeitão dele – respondeu Teddy. – Mas de bobo ele não tem nada, pode ter certeza. Há muito tempo Lawrence é nosso líder e guardião.

– É verdade o que ele fala? – indagou o cavaleiro a Ahkmenrah. – A placa que você carrega é mágica?

– Sem dúvida – respondeu o jovem faraó. Apontou para o alvoroço ao redor. – Tudo o que você está enxergando ganhou vida esta noite pela primeira vez. Tudo por causa desta placa.

Lancelot correu seus dedos enluvados nos ladrilhos da placa.

– Fantástico. – Ergueu o olhar para as peças de museu em volta. – Quer dizer que… eles não são reais?

– Quando a mágica da placa funciona, eles se tornam tão reais quanto qualquer um de nós – explicou Teddy.

– Sim, mas nós somos pessoas de verdade. Eles são apenas... objetos. E nem sequer sabem disso? – Lancelot caiu na risada. – Como é patético! Devem ser incrivelmente estúpidos!

Teddy abriu um sorriso compreensivo.

– Pode ser confuso no começo.

Lancelot abanou para uma estátua de sapo nas proximidades quando ela deu um pulo.

– Oi, sapo! Continue pulando! Você é real! – exclamou o cavaleiro, abafando uma risada e revirando os olhos.

Ahkmenrah abriu a boca para falar, mas Teddy agarrou o braço do faraó. O ex-presidente balançou a cabeça com sutileza. Larry adivinhou que Teddy percebeu que não era o melhor momento para contar toda a verdade – que Lancelot também devia sua vida nova à magia da placa. Com certeza, Larry não seria o responsável por desfazer a fantasia do cavaleiro. Como sempre, seria melhor que a notícia partisse das próprias peças de museu, companheiras do cavaleiro, do que dele. E além do mais, tinham coisas mais importantes a fazer no momento. Tinham de se concentrar no rastreamento de Dexter.

Larry voltou sua atenção para o celular. O ponto se afastou do centro da tela numa direção diferente. Larry olhou para cima, seguindo sua trajetória. Deparou-se com a entrada de outra ala do museu diante dele.

– Parece que vamos ter de atravessar a Ásia – anunciou Larry aos outros.

Foi andando rumo à nova ala quando Lancelot

deu um passo à sua frente, bloqueando o caminho. O cavaleiro desembainhou a espada.

– Você deveria ter me contado a verdade – disse Lancelot.

Larry deu um passo atrás, preparando-se para a batalha. Mas Lancelot firmou a ponta da espada no chão e ajoelhou-se diante de Larry.

– Um bobo da corte faz nascer um herói. Realmente maravilhoso! – ergueu a cabeça e o seu olhar encontrou o de Larry. – Você carrega um tesouro mais precioso do que todo o ouro do mundo. Minh'alma, meu coração e minha lâmina estão sob seu comando até a busca estar completa. Não sairei de seu lado até você chegar são e salvo ao Egito – e baixou a cabeça em sinal de respeito.

Larry correu o olhar ao redor. Teddy deu de ombros.

Hesitante, Larry deu suaves tapinhas na cabeça do cavaleiro.

– Ok.

Lancelot agarrou a mão de Larry e levou-a aos lábios num beijo demorado. *Isso não me surpreende em nada,* pensou Larry.

Octavius espiou por cima da borda de um poço profundo no chão do duto do sistema de aquecimento. Ele e Jedediah tinham percorrido o equivalente a muitos quilômetros para suas perninhas. Os dois ainda não tinham descoberto uma saída naquele labirinto de dutos. Infelizmente, a única saída parecia ser um poço escuro que descia na vertical. Um poço infinito que desaparecia no breu da escuridão.

Depois de cair na grelha de ventilação, as duas miniaturas tinham sido sopradas pelos dutos num redemoinho. Ficaram presos num filtro de ar coberto de fiapos até o vento inexplicavelmente parar. Os dois pequeninos tentaram retroceder ao local de origem, mas ouviram os passos monstruosos de algo que também parecia caminhar pelos dutos junto com eles. Passaram a fugir da besta invisível, torcendo para ficar longe de qualquer perigo que ela representasse.

Jed inclinou-se para contemplar o duto escuro com Octavius.

– Não consigo ver quase nada. Só podemos pular e torcer para dar certo.

Octavius franziu a testa.

– A gente não tem nem ideia do que nos espera lá embaixo.

De repente, os passos ecoantes voltaram. O túnel de metal tremeu todinho sob os pés deles, à medida que a criatura se aproximava.

– E a gente também não tem ideia do que vem por aí – disse Jedediah.

As pegadas soavam como trovões. Ao virarem, avistaram um vulto escuro dobrando a esquina a vários metros de distância. Em seguida, a criatura emitiu um rugido bizarríssimo.

UUUIIIÁ!

– Aaaaaah! – gritaram Jedediah e Octavius.

Os dois se entreolharam e, sem mais uma palavra, saltaram no poço sombrio à frente deles.

Caíram por um longo tempo no breu da escuridão. Então a luz cresceu em torno deles enquanto rapidamente se aproximavam de outra saída do duto de ventilação. O minúsculo caubói e o diminuto general romano se esgueiraram por entre as aletas e de repente se viram banhados por uma luz brilhante. Octavius forçou os olhos, tentando se orientar sobre o paradeiro deles. Antes que pudessem raciocinar, aterrissaram no chão duro.

Os dois foram se levantando e, devagarinho, os olhos de Octavius se adaptaram à luz. Correu o olhar pelos novos arredores. Tinham aterrissado numa rua de tamanho normal, calçada com paralelepípedos. Seja como for, era do tamanho normal para eles. Edifícios de pedra se enfileiravam nos dois lados da via, e grandes estruturas se espalhavam até onde os olhos alcançavam. Inacreditavelmente, Jed e Octavius estavam no centro de uma cidade deserta – uma cidade exatamente do tamanho certo.

De imediato, Octavius reconheceu a arquitetura.

– É uma cidade romana – observou ele. – Posso sentir o ímpeto da história em seus próprios alicerces.

Jed ergueu a aba do chapéu de caubói e olhou ao redor.

– Cadê todo mundo?

Os dois saíram andando pelas ruas vazias. Espiaram nos vãos das portas, espreitaram as janelas...

Nenhuma vivalma. O lugar parecia um verdadeiro deserto.

Octavius franziu a testa e constatou:

– Esta cidade me parece familiar. Posso jurar que já a visitei antes.

A rua terminava numa espessa barreira de vidro. Descobriram que estavam dentro de um expositor em miniatura. Semelhante aos que existiam na sala de diorama, lá no museu de Nova York.

Octavius colocou as mãos no vidro e olhou para baixo. O mostrador estava rotulado com uma plaquinha na parte inferior. Talvez ele pudesse descobrir onde é que eles estavam. Não é muito fácil decifrar letras de cabeça para baixo.

– Aiepmop – leu Octavius. Pensou por um momento. – Hum... não ajudou muito.

Do outro lado do vidro, perto do mostrador, um grande busto de mármore repousava no topo de um pilar de pedra. A escultura representava a cabeça e os ombros de um romano antigo. Ele os fitava com os olhos arregalados. Os lábios do romano se mexeram, falando com eles, mas Octavius não conseguiu ouvir através do vidro grosso.

– Qual é o problema, cidadão? – indagou Octavius. – Não consigo escutar você.

O busto repetiu o que havia dito, mas eles ainda não conseguiam distinguir as palavras abafadas.

– Ainda não entendemos você, meu chapa! – disse Jedediah.

O busto articulou bem as sílabas, como se estivesse

gritando. Parecia estar repetindo a mesma palavra várias vezes.

Jed apontou para o chão da galeria.

– Ei, olhe!

Várias miniaturas romanas atravessaram a sala, fugindo do mostrador da cidade romana. Eles gritavam e apontavam para a cidade abandonada.

– Por que eles estão debandando desse jeito?

Octavius bateu no vidro e gritou com eles.

– Oiê! O que é que vocês estão fazendo? Voltem para Aiepmop! – gritou, abrindo os braços. – Espaço é o que não falta!

Jed coçou a cabeça e olhou a placa lá embaixo.

– Aiepmop... tem certeza que leu isso mesmo, amigão?

Octavius verificou a placa de novo e percebeu que havia cometido um engano. A ficha foi caindo: ele tinha lido o nome de trás para frente! E bem na mesma hora que percebeu isso, a terra tremeu sob seus pés. Octavius e Jedediah tentaram manter o equilíbrio ao se virar lentamente para ver a colossal montanha no outro lado da cidade. A montanha entrou em erupção, e rios de lava quente e vermelha transbordaram pelas encostas. A lava derretida começou a invadir própria cidade.

– Ah. Legal... – falou Octavius.

O vulcão se chamava Monte Vesúvio. A cidade destruída em tempos antigos chamava-se Pompeia. Exatamente o nome que o busto defronte ao mostrador havia repetido. O nome da cidade condenada em que Jed e Octavius estavam naquele exato instante.

Larry liderou o grupo até a ala do museu dedicada à Ásia. Belas pinturas chinesas feitas em pergaminhos forravam as paredes. Por causa da placa mágica, a vida pulsava em cada uma das pinturas. Ondas lindamente pintadas se quebravam em praias pitorescas. Peixes com barbatanas ondeantes nadavam através de lagoas de águas cristalinas. Pássaros de plumas brilhantes cantavam na copa de ciprestes nevados. O grupo se espalhou para absorver as fantásticas visões em torno deles. Teddy pegou a mão de Sacajawea. Os dois sorriram um para o outro ao passear pelos belos cenários que os cercavam.

Lá adiante, Lancelot apontou para o braço de Nick.

– Notei que você tem o nome de uma senhora em seu braço. Junto com uma misteriosa série de números.

Nick riu e passou a mão no braço.

– Andrea. Pois é.

– São criptogramas druídicos? – indagou o cavaleiro.

Nick sacudiu a cabeça.

– Que nada. Só o número do celular dela.

Lancelot sorriu.

– Ah, então essa Lady Andrea é sua Guinevere. – Puxou o lenço bordado de sua manopla. – Meu amor também me deu uma recordação. No dia do torneio. – Segurou o lenço de seda junto ao nariz, cerrou os olhos e respirou fundo. Em seguida abriu-os e sorriu. – Arthur não gostou nada – ele se inclinou para perto de Nick. – Na verdade, foi por esse motivo que ele me mandou em busca do Graal. Torcendo para eu jamais retornar. E só vou voltar depois de encontrá-lo. – O cavaleiro endireitou o corpo, enfiou o lenço de volta na luva metálica e acrescentou: – Existe alguém atrapalhando o romance entre você e a sua amada?

Nick virou o pescoço para trás e relanceou o olhar para seu pai. Larry fingiu observar seu telefone e não estar escutando o filho às escondidas. Claro, ele há pouco tinha admitido que rastreava o celular do filho. A esta altura, que mal faria dar uma espiadinha inocente?

– Hã, não... – começou Nick. – Quer dizer... meu pai meio que bagunçou as coisas quando veio para casa mais cedo naquela noite.

Lancelot levantou um dedo.

– Não deixe nenhum homem ficar entre você e o seu destino.

– Destino é meio exagero – respondeu Nick. – Quer dizer... A gente só faz cálculo juntos. Mas sim... Entendo o seu ponto de vista.

Larry franziu a testa. Ele não tinha certeza se o mítico cavaleiro era um bom exemplo para Nick.

Ao alcançar o outro lado da galeria, o grupo se deparou com várias esculturas de Buda. Sentadas em suas almofadas esculpidas, de olhos fechados, muitas das pacíficas estátuas pareciam imersas em meditação profunda. Outras esculturas de Buda sorriram e acenaram para o grupo. Um Buda particularmente avantajado, perto da saída, pôs o indicador nos lábios ordenando que os recém-chegados fizessem silêncio.

Larry percebeu o aviso e parou. O Buda manteve o dedo à boca enquanto apontava para a porta aberta. Larry não sabia o que ele estava mostrando e estava prestes a avançar quando uma pequenina criatura de ouro saiu detrás do pedestal do Buda. A estatueta viva tinha o torso humano com cabeça e pernas de pássaro. As pequenas garras estalaram no chão de mármore quando ela correu para o meio do caminho.

– Ah. Oi, mocinho – disse Larry. – Só estamos de passagem.

– É o Garuda do Tibete – explicou Teddy. – Figurinha simpática, representante da sabedoria e protetora de serpentes míticas. Tive que carregar uma dessas estátuas Monte Kailash abaixo, depois de perder uma aposta para um monge.

Larry recomeçou a andar, mas a estatueta Garuda deu um passo à frente, bloqueando o caminho. Ele desviou para a esquerda, e a estátua fez o mesmo. Deu um passo lateral para a direita, mas Garuda bloqueou o caminho outra vez.

– Sabe de uma coisa? Joguinho divertido – disse Larry. – Mas agora não tenho tempo.

O Garuda encolheu seus ombros emplumados e se afastou para abrir passagem. O grupo atravessou cautelosamente o limiar da porta. Contornaram um canto e avistaram o motivo pelo qual a pequenina estátua protetora estava tentando protegê-los.

No centro da galeria enroscava-se uma enorme serpente de bronze. Mal se avistava o focinho dela, e seus olhos estavam fechados. Devagar, seu corpo gigantesco inflava e desinflava, enquanto ela roncava alto.

O rosto de Lancelot se iluminou.

– Um dragão!

Larry puxou todo mundo para trás de um grande pilar. Esticou o pescoço para espiar e ler a placa ao lado da besta adormecida.

– Não é um dragão – sussurrou Larry. – É Xiangliu. A mítica serpente demônio.

– Bem, parece um dragão – constatou Lancelot. – E digo mais: vamos matá-lo.

– Está dormindo – disse Larry.

O cavaleiro pensou por um momento.

– Certo. Não é muito esportivo matá-lo em seu sono – falou estalando os dedos. – Primeiro vamos acordá-lo e depois matá-lo. – Levou uma das mãos à espada. – Vou na frente e o garotinho vai comigo.

Larry balançou a cabeça.

– Não, você não vai levar o garoto.

– Por que não? – indagou Lancelot.

– Porque ele é só... um garoto – respondeu Larry. – E não precisamos matá-lo.

– Quer que ele fique garoto para sempre? – indagou Lancelot com um olhar pensativo. – Larry, chega a hora em que todo mundo tem de matar seu próprio dragão.

– Isso é modo de dizer – retrucou Larry.

Lancelot sorriu.

– Não de onde eu venho.

Larry acenou com os braços.

– Não vamos matar nada. Vamos contornar por ali – ergueu o celular. – Temos que ir agora ou podemos perder o sinal. Agora, silêncio!

Devagar, bem de mansinho, os membros do grupo se esgueiraram por trás do pilar. Deram a volta desviando do demônio adormecido, só hesitando quando a besta bufou e se contorceu em pleno sono. Depois que ela voltou a se acomodar, o grupo continuou, na ponta dos pés. Estavam quase sãos e salvos quando um clarão verde-esmeralda refletiu no olhar de Larry. Ele virou o pescoço e viu que uma luz verde brilhava na placa outra vez.

– Não, não, não... – sussurrou Larry.

Teddy arregalou os olhos e ergueu a mão com o dedo em riste.

– Não pergunte o que seu país pode fazer por você! – exclamou imitando com perfeição a voz de John F. Kennedy, só que em tom mais alto. – Pergunte o que *você* pode fazer pelo seu país!

– Teddy! – repreendeu Larry.

Ele recuou para acalmar Teddy, mas parou em Sacajawea. Ela olhava direto para frente. Paralisada, como se estivesse em transe. Larry acenou com as mãos na frente do rosto dela.

– Sac, você está aí? – quis saber ele.

Antes que ele pudesse investigar mais, Átila soltou

um grito penetrante. O guerreiro huno de tantos feitos destemidos se encolheu de medo e apontou logo acima do ombro de Larry, que se virou, deparando-se com Xiangliu totalmente acordada e enrolada, pronta para dar o bote. E para piorar ainda mais a situação, a demoníaca serpente tinha não apenas uma, mas nove cabeças ferozes.

6

LARRY ESTICOU O PESCOÇO diante do imponente demônio de bronze.

– É cabeça que não acaba mais.

Cada uma das cabeças aterrorizantes sibilou e revelou duas longas presas.

Lancelot apontou para o demônio e sorriu para Larry.

– Pronto. Agora podemos matá-lo! – Desembainhou a espada. – Ora, tem cabeça para todo mundo! Quatro e meio para cada um, se for só eu e o rapaz. – Virou-se para o filho de Larry. – Já manejou uma espada?

– Só no jogo *World of Warcraft* – respondeu Nick.

Lancelot sorriu e puxou uma adaga do cinturão. Atirou-a para Nick, que a empunhou meio sem jeito.

– Nick, volte para cá! – advertiu Larry.

– Em frente! – incentivou Lancelot.

E correu em direção ao demônio. Brandiu sua longa lâmina em direção às cabeças prestes a dar o bote.

– Ops! – estremeceu Nick, recuando quando uma das cabeças tentou abocanhá-lo.

Lancelot deu um giro e desceu a lâmina na cabeça

que atacava Nick. A espada ricocheteou no bronze da cabeça da serpente com um sonoro CLANG!

– Ah! – exultou Lancelot. – Adoro desafios!

Larry sentiu algo abraçar sua perna. Tinha certeza de que era uma das cabeças da serpente. Mas quando olhou para baixo, percebeu que era apenas Átila. Encolhido de medo, o guerreiro apertava a perna de Larry com firmeza.

– Átila, o que está acontecendo com você? – perguntou Larry. – Recomponha-se, homem.

Larry se desvencilhou do huno bem na hora em que uma das cabeças arremeteu em sua direção. Ele saltou para o lado e notou que todos os seus outros amigos estavam fora de ação. O defeito da placa afetava cada um de forma diferente. Sacajawea permanecia paralisada em seu lugar, Ahkmenrah andava em círculos, falando sozinho, e Teddy continuava a imitar outros presidentes dos Estados Unidos.

– A única coisa que devemos temer é o próprio medo! – bradou Teddy com a voz de Franklin Delano Roosevelt.

Larry bateu na lanterna para sacá-la do coldre e a apanhou em pleno ar. Desferiu um golpe da esquerda para a direita na cabeça de cobra que investia contra ele. A cabeça continuou a atacar, mas Larry defendia-se de cada investida com uma coronhada da lanterna.

Durante a batalha, Larry deu uma olhada em Teddy. O ex-presidente estava tão envolvido com suas outras personalidades que não reparou que uma das cabeças demoníacas se aproximava dele. Larry atingiu a cabeça do demônio mais uma vez antes de guardar a lanterna no coldre. Correu para Teddy e saltou para derrubá-lo no chão. Os longos caninos da serpente passaram raspando por eles.

Teddy olhou para Larry e sorriu.

– Amigo Brown, você está fazendo um trabalho genial – comentou na voz de George W. Bush.

Jedediah e Octavius corriam pelas ruas de Pompeia. Um rio de lava fervente escorria atrás de seus calcanhares e uma chuva de cinzas quentes caía em cima deles. Em cada esquina que dobravam se deparavam com outra muralha de rocha derretida. Corriam sem parar, mas pareciam estar rodeados de lava.

Jedediah olhou em volta.

– Pelas barbas de Júpiter, não há escapatória – concluiu o caubói na voz de Octavius. – Dois nobres guerreiros nobres morrem esta noite.

– Última missão, kemosabe – concordou Octavius, falando com a voz de Jed. – Hora de caprichar no molho de churrasco!

As duas miniaturas estacaram e se entreolharam, confusas.

Jed apontou o dedo na couraça de Octavius. O minúsculo caubói continuou a falar com a voz de Octavius.

– Sua víbora com sandálias nos pés! Por que roubou meu jeito de falar?

Octavius encolheu os ombros. – Não tenho a mínima ideia.

Lancelot e Nick enfrentavam a serpente demônio em combates consecutivos. Larry não estava preocupado com o cavaleiro; era óbvio que Lancelot estava apenas se divertindo com os ataques das cabeças. Mas Nick lutava para sobreviver. O rapaz balançava o punhal freneticamente, afastando cada ataque das cabeças. Larry teve de admitir que o rapaz sabia se defender e, embora estivesse morrendo de medo que algo acontecesse com o filho, não podia esconder uma ponta de orgulho pela coragem dele. Mas Nick e Lancelot não aguentariam por muito tempo. Estavam em desvantagem numérica: nove (aterrorizantes cabeças de serpente demoníaca) contra dois.

Larry correu o olhar ao redor em busca de algo que pudesse usar como arma. De vez em quando, uma das cabeças da víbora se desprendia da batalha principal e investia contra o guarda-noturno. Até agora, o melhor que ele conseguia fazer era repelir o ataque com uma falsa tocha de parede. O pedaço de plástico mal conseguia afastar a serpente de bronze.

Então, Larry avistou algo interessante na parede: uma estação de primeiros-socorros. Ele se abaixou para se esquivar de novo ataque de cabeça e disparou rumo à parede, com uma ideia na cabeça. Parou deslizando e abriu o painel. Por fim, encontrou o que procurava lá dentro. Larry apertou um botão no dispositivo e pegou suas duas pás. Havia encontrado um desfibrilador de emergência, dispositivo projetado para reanimar alguém que sofreu um ataque cardíaco. Em geral, a corrente elétrica produzida era usada para restaurar o ritmo normal dos batimentos cardíacos do paciente. Larry ficou torcendo para que surtisse um efeito diferente em uma serpente demônio feita de bronze.

Um zumbido eletrônico preencheu o ar quando a energia da máquina foi ligada. Com uma pá em cada mão, Larry lançou-se na batalha. Saltou sobre uma das cabeças que atacavam incessantemente, depois passou por baixo de outras duas. Precisava chegar ao corpo principal. Ficou torcendo para que os cabos conectados às pás do desfibrilador alcançassem. Eles se esticaram ao máximo quando ele estacou ao lado da gigantesca serpente demoníaca.

– Agora! – gritou Larry ao pressionar as pás nas escamas de bronze e acionou o dispositivo.

A eletricidade estalou através de do corpo metálico de Xiangliu. A cobra demônio cambaleou, espasmódica, e ela ficou paralisada. Larry largou as pás e rolou para se afastar enquanto a besta tombava, tilintando no chão.

– Este aparelho realmente é salva-vidas – disse Larry erguendo as pás do desfibrilador no ar.

– Você nos impediu de aplicar o golpe mortal! – exclamou Lancelot, apontando para Larry. – Da próxima vez... sem feitiçaria! – Ele caminhou em direção a Nick e pôs a mão no ombro do rapaz. – Você lutou com bravura. Da próxima vez beberá o sangue do dragão na taça da vitória!

– Isso foi incrível! – exclamou Nick devolvendo a adaga ao cavaleiro. – E um pouquinho assustador!

Lancelot embainhou a lâmina da adaga em sua cintura.

– Agora você é um homem – afirmou ele. – De hoje em diante, quem escolhe seu próprio caminho é você. E não deixe ninguém dizer o contrário.

Larry presenciou Nick e Lancelot trocarem um aperto de mão. Talvez o cavaleiro estivesse certo. Talvez Nick tivesse idade suficiente para escolher seu próprio caminho. Honestamente, Larry não sabia o que pensar. Ele ainda era o pai de Nick e ainda pensava que era seu trabalho protegê-lo. Um gemido alheio pegou Larry de surpresa. Ele havia quase esquecido que mais alguém também precisava de sua proteção.

Larry saltou sobre uma cabeça de cobra inerte e se juntou aos outros membros do grupo. Átila se ergueu, cambaleante. Ahkmenrah meneou a cabeça. Sacajawea voltou a se mexer. E Teddy massageava um maxilar dolorido.

– Falem comigo, pessoal – pediu Larry. – Como vocês estão?

Teddy suspirou.

– Por enquanto, passou.

Ahkmenrah empurrou para o lado uma das grandes cabeças de cobra. Embaixo dela, o celular de Larry. Esmagado.

– Como vamos encontrá-los agora? – quis saber Ahkmenrah.

– Hã... Lawrence? – pediu Teddy.

Larry olhou para Teddy. O vigésimo sexto presidente ergueu a mão enluvada. Petrificado, ele havia se revertido completamente de volta à sua forma original de cera. Átila levou a mão ao rosto do amigo. Embora ainda estivesse vivo, seu rosto estava imóvel e mais parecido com cera, também.

– Acho que chegamos a um ponto de não retorno – ponderou Teddy.

Larry olhou para a placa nas mãos do faraó. A nódoa verde tinha se espalhado ainda mais.

– Nosso tempo está se esgotando – concluiu Larry. – Vamos ter de encontrar o Dex e as duas miniaturas mais tarde. Agora precisamos chegar ao Egito.

– A gente não devia continuar procurando Jed e Octavius? – perguntou Nick.

– Nick tem razão – concordou Lancelot. – Um verdadeiro cavaleiro nunca se esquiva de seus deveres.

Larry soltou um suspiro.

– Obrigado pelo comentário, mas se não chegarmos ao Egito logo, não vamos conseguir salvar ninguém.

Lancelot fez que sim com a cabeça.

– Então por aqui, meus amigos.

Seguindo os passos do cavaleiro, o grupo saiu da ala da Ásia e enveredou por um longo corredor. Larry não sabia se estavam perto do objetivo, mas sabia que precisavam agir com rapidez. A missão dele era proteger seus amigos, mas ele tinha a sensação de que os estava decepcionando. Só que também era missão dele proteger outra pessoa. Larry retardou o passo para andar ao lado do seu filho.

– E aí, filhão – sussurrou Larry. – Quando eu disser "Volte para cá", eu quero dizer "Volte para cá".

Nick revirou os olhos.

– Certo. Porque eu sou o garoto.

Larry balançou a cabeça.

– Porque eu sou seu pai. E é missão minha mantê-lo seguro. Quer você goste ou não.

Nick franziu os lábios. Então abriu a boca pronta para responder quando Lancelot o interrompeu.

– Caminhe ao meu lado, Nicholas – pediu o cavaleiro.

Nick sacudiu a cabeça e se afastou de seu pai. Correu para se juntar a Lancelot na vanguarda.

Larry não entendeu. Por que o filho não conseguia perceber que tudo o que Larry fazia, tudo mesmo, era para o bem dele? Ele não queria que Nick cometesse os mesmos erros que ele havia cometido, e muito menos que fosse dilacerado por uma serpente demônio de nove cabeças. Será que era tão difícil de entender isso? Parecia que quanto mais Larry tentava proteger Nick, mais isso os afastava. Ficou se perguntando se todos os filhos se sentiam assim em relação a seus pais.

Larry foi caminhar ao lado de Ahkmenrah.

– E aí, Ahk. Quando você estava crescendo, você e seu pai nunca brigavam?

– O tempo todo – riu-se Ahkmenrah. – Ele era um

homem orgulhoso. Nunca me considerou à altura dele. Mesmo depois de eu me tornar faraó, ele nunca me revelou os segredos da placa.

– Como vocês resolveram esse impasse? – quis saber Larry.

Ahkmenrah encolheu os ombros.

– Tive de enterrá-lo vivo com mil escorpiões.

– O quê? – perguntou Larry.

Ahkmenrah sorriu.

– Brincadeirinha, Larry. Uma pitada de humor egípcio. – O sorriso do jovem faraó se desvaneceu. – A verdade é que... a gente não resolveu o impasse. Todos esses anos eu venho discutindo com ele na minha cabeça, tentando resolver o problema. Pensando no que vou dizer a ele se eu tiver a oportunidade. Imaginando o que ele diria para mim.

– E isso ajuda alguma coisa? – indagou Larry.

Ahkmenrah meneou a cabeça.

– Na verdade, não – o faraó deu de ombros. – Para ser sincero, não sei como vai ser esse reencontro.

Octavius pressionou as costas contra a parede, mas já não havia mais para onde ir. Ele e Jedediah correram pelas ruas de Pompeia, mal conseguindo escapar da torrente de lava quente. Mas, depois que chegaram à praça central, já era tarde demais. Lentamente, o líquido em ebulição os foi cercando, por todas as vielas, por todas as direções. Estavam ilhados, sem esperança de fuga.

Pelo menos vou morrer em solo romano, pensou Octavius. *De certa forma.*

A lava rastejante se aproximava de todos os lados. A qualquer momento, a rocha derretida iria engolfá-los, transformando-os em cinzas.

De repente, escutou-se um estrondo acima deles. Os dois amigos em miniatura olharam para cima e avistaram a grelha do sistema de aquecimento no teto acima deles. A grelha vibrava enquanto algo tentava rompê-la. Em seguida, o objeto voou para longe e apareceu um rosto conhecido. Era Dexter!

O macaquinho saltou e aterrissou em cima de um prédio alto. Ergueu-se e começou a andar com cuidado sobre os telhados. Parou no telhado acima deles, analisando o cenário. Correu o olhar entre Jedediah e Octavius e sorriu. Ficou claro que o macaco tinha um plano. Octavius encolheu-se ao perceber qual era o plano.

– Ele não teria coragem – comentou Jedediah.

Octavius fechou os olhos.

– Ele precisa ter.

Súbito, um líquido quente encharcou Octavius e Jedediah. A torrente os cobriu, atingindo a lava a poucos centímetros dos seus pés. O líquido refrigerou a rocha derretida e fez eclodir um alto silvo de vapor. Octavius abriu os olhos e se deparou com uma parede de rocha negra ao redor deles. A lava tinha arrefecido e se solidificado, mais uma vez. Dexter os tinha salvado. Ele os tinha salvado... fazendo xixi em cima deles.

Jedediah limpou o rosto e sorriu para o macaco.

– Estou ao mesmo tempo enojado e agradecido, magnífico deus símio.

Octavius abanou a cabeça.

– Jamais devemos falar do que aconteceu aqui hoje.

7

LARRY TOMOU A FRENTE ao avistar um cartaz indicando o caminho para a ala egípcia. Antes disso, os dois que estavam na dianteira não demonstravam um pingo de preocupação. Lancelot e Nick conversaram e riram por todo o trajeto desde a Ásia.

Larry tinha esperança de que essa seria uma viagem para fortalecer os laços entre ele e o filho. Em vez disso, estava se tornando uma viagem para fortalecer os laços entre o seu filho e um personagem mítico da Idade Média. Os dois se tornaram melhores amigos só porque o cavaleiro tinha deixado Nick empunhar uma adaga e combater uma serpente demônio. Coisa de louco. E de alto risco, na visão de Larry. Ele apostava que se Lancelot fosse real *e* tivesse filhos, essas crianças provavelmente não sobreviveriam mais do que três anos... cinco no máximo. O cavaleiro não sabia nada sobre ser pai. Francamente, Larry mal podia esperar para se livrar dele.

Dobraram uma esquina e a grande entrada para a ala egípcia surgiu acima deles. Um arco de pedra emoldurava a escura passagem adiante.

– Chegamos – disse Larry. Ele se virou e acenou

para Lancelot. – Bem, aqui estamos. Lancelot, obrigado por toda a sua ajuda. Daqui em diante vamos sozinhos.

– Talvez eu devesse acompanhá-los – objetou Lancelot.

– Não, obrigado, a gente se vira a partir daqui. – Larry levantou as mãos. – Você tem sua própria busca e tudo o mais. O Santo Graal não vai ser encontrado num estalo de dedos.

Relutante, Lancelot acenou positivamente com a cabeça e deu um passo à frente. Agarrou Larry pelo braço.

– Larry, guardião da placa mágica, eu jamais me esquecerei de sua bravura. Nem de suas palhaçadas. – Ergueu a mão para os demais. – Até a próxima, meus amigos.

Larry assentiu com a cabeça.

– Adeus.

Lancelot se virou para sair. Depois de dois passos, ele deu meia-volta e fez uma pose dramática.

– Eu não diria adeus. Pois sei que um dia nossos caminhos vão se cruzar de novo. Como fios na vasta e gloriosa tapeçaria da vida, nossos destinos estão entrelaçados.

Larry fitou o cavaleiro por um momento, certificando-se de que ele havia terminado.

– Ok. A gente se vê.

Ele se virou e guiou os outros ao portal da ala egípcia.

Suaves luzes focais realçavam artefatos em mostradores de vidro. Estatuetas de criaturas, metade gente, metade bicho, os encaravam enquanto eles iam passando. Na exposição de blocos de pedra, os hieróglifos egípcios entalhados ganhavam vida. Como nas pinturas em outras partes do museu, os entalhes (gatos, pássaros e antigos egípcios) se moviam sobre as pedras como se estivessem num filme de animação. Larry e o grupo foram explorando a ala e súbito avistaram estátuas maiores andando para lá e para cá. Uma grande esfinge passou trotando. Alguns homens com cabeças de chacais e grous circulavam ao redor. De repente, as coisas começaram a ficar realmente assustadoras. Diante deles, vários sarcófagos forravam a passagem, dispostos na posição vertical. As tampas dos caixões ornamentados começaram a se abrir lentamente. Antigas múmias cambalearam para fora de cada um deles. Os cadáveres enfaixados foram se aglomerando em direção ao grupo.

Ahkmenrah entregou a placa para Larry. Em seguida, o jovem faraó deu um passo à frente e cumprimentou as múmias.

– Amigos! Há quanto tempo! – e foi apertando a mão ressequida da múmia mais próxima. – Imhotep, como vai? – e abraçou outra. – Ramsés!

Ahkmenrah congelou diante de um sarcófago decorado com a pintura de uma formosa mulher.

– Não pode ser! Será mesmo? – interpelou ele.

A tampa girou e se abriu, e uma múmia feminina saiu devagar. Ao contrário das outras, as bandagens dessa múmia não estavam tão esfarrapadas e se aderiam firmemente à sua forma esbelta. Assim que se viu fora do sarcófago, ela se aproximou do grupo rebolando.

– Larry, esta é Cleópatra – apresentou Ahkmenrah. – Beleza luminosa do Crescente Fértil.

– Uau. Cleópatra – repetiu Larry. – Oi!

Lentamente, a mulher foi retirando as ataduras de sua cabeça. Dois belos olhos castanhos surgiram. Cleópatra era famosa por sua beleza e agora Larry estava prestes a conhecê-la pessoalmente. Ela continuou a desenrolar as tiras de pano do restante de seu rosto. Que pena. Revelou-se o habitual rosto definhado e rachado de alguém que morreu há milhares de anos. Larry tentou não se encolher de horror quando ela se inclinou para beijá-lo na bochecha.

– Prazer... em conhecê-la – disse Larry. Os lábios secos da musa estalaram um beijo numa das bochechas e depois na outra. – Certo. Dois beijinhos, um para cada bochecha – disse Larry, tentando não fugir de tanto medo. – Estilo europeu. Ok. Temos de ir andando, obrigado.

Penetraram ainda mais na exposição e se depararam com uma tumba antiga recriada no interior da galeria. Na sala recriada, no meio de três grossas muralhas de pedra adornadas com hieróglifos, dois sarcófagos ornados jaziam lado a lado.

Ahkmenrah abriu seus braços e suspirou.

– Há muitas luas eu não via estas muralhas.

– Ahkmen! – exclamou uma voz feminina.

O grupo se virou. Olhares surpresos viram um casal egípcio com roupas enfeitadas emergir das sombras. A morena de olhos escuros trajava um vestido longo e transparente com bainhas douradas. O homenzinho vestia uma túnica dourada e uma coroa faraônica semelhante à de Ahkmenrah. Segurava um imponente bastão dourado.

– Mãe – exclamou Ahkmenrah.

A mulher se precipitou à frente e abraçou o filho. Lágrimas escorreram pelas faces dela.

Ahkmenrah soltou a mãe e virou-se para o homem.

– Pai.

Por um instante, o homem titubeou, meio sem jeito. Em seguida, caminhou na direção do jovem faraó. O homem de mais idade envolveu o filho num abraço profundo.

– Bem-vindo ao lar, meu filho.

Assistindo ao reencontro, Larry sorriu. Olhou para Nick e viu que seu filho também estava sorrindo. O olhar de Nick cruzou com o de Larry, e o sorriso do garoto desapareceu.

– Quero que conheça meus amigos – disse Ahkmenrah. Trouxe o casal para mais perto do grupo.

– Sou Merenkahre, Faraó do Nilo e Pai do Filho do Sol – disse o pai de Ahkmenrah.

– E eu sou Shepseheret, a Joia Brilhante dos Nove Reinos – disse a mãe de Ahkmenrah.

Larry deu um pequeno aceno. – Oi. Sou Larry.

– Guardião do Brooklyn – acrescentou Ahkmenrah.

Larry se inclinou na direção do jovem faraó. – Na real, já não moro mais lá – sussurrou ele.

Ahkmenrah estremeceu.

– Sei disso. Mas soa bem.

Larry se aproximou de Merenkahre.

– Preciso falar com o senhor sobre a placa.

O faraó pai enrijeceu as feições.

– Você está falando com um faraó. Beije o meu bastão.

Inclinou a cabeça do bastão para perto do rosto de Larry.

Educadamente, Larry se esquivou.

– Vou passar essa.

Merenkahre o encarou com um olhar furioso.

– Mais respeito. Sou o descendente de Rá, o Deus do Sol.

– Certo, eu não adoro Ra, na verdade... – começou Larry.

– Os deuses egípcios são os únicos deuses verdadeiros – atalhou o pai de Ahkmenrah.

– Sim, tentamos manter a mente aberta – respondeu Larry. Ele projetou o polegar por cima do ombro. – Átila adora uma espécie de deus-cabra, por isso, não julgamos. Eu sou meio católico irlandês, meio judeu...

Merenkahre sorriu.

– Verdade? Eu amo os judeus!

Ahkmenrah esfregou suas têmporas.

– Lá vamos nós.

– Somos donos de quarenta mil judeus! – exclamou o pai dele.

Um sorriso iluminou o rosto de Shepseheret.

– Povo tão simpático.

– Pai, isso já não é permitido – disse Ahkmenrah. – Ser dono de pessoas.

– O quê? – retrucou o pai dele. – Gente muito feliz. Sempre cantando com as velas.

– Não eram felizes – corrigiu Larry. – Fugiram. Na real, atravessaram o Mar Vermelho para sair de lá. Uma vez por ano comemoramos isso com um jantar e comentamos o assunto – balançou a cabeça. – Olha só, a placa... tem algo de errado com ela.

Larry entregou a placa para Merenkahre.

O faraó mais antigo passou a mão sobre a nódoa verde. Virou alguns dos ladrilhos, esquadrinhando-os de perto. Balançou a cabeça e disse:

– Está perdendo seu poder. Avisei para não mexerem nela. Falei com todas as letras: o fim virá! Será que isso é muito difícil de entender?

– Você tem que me ajudar a consertá-la – pediu Larry.

Merenkahre franziu a testa.

– Para fazer isso, eu teria de revelar o segredo da placa.

Larry assentiu com a cabeça.

– Prometo que não conto a ninguém.

O faraó mais antigo olhou para a placa nas mãos dele. Arqueou as sobrancelhas.

– Pai! Por que insiste em guardar esse segredo? – interpelou Ahkmenrah.

– O segredo devia ser transmitido a você na ocasião certa – explicou Merenkahre.

– Bem, agora parece a ocasião ideal – disse Ahkmenrah. – Por favor, pai. Sempre vou ser seu filho, mas também sou faraó. Tenho de saber. E tenho de saber agora.

Merenkahre suspirou. Segurou a placa e se apoiou num dos sarcófagos.

– Você nasceu à meia-noite – contou ele. – Eu era faraó, e tinha visto maravilhas que a maioria dos homens nem sonha. Mas quando olhei para você pela primeira vez... Eu sabia que jamais suportaria dizer adeus. – Ele trocou um sorriso com a esposa e continuou. – Ordenei ao sumo sacerdote que preparasse um presente para você... Utilizando tudo o que tínhamos aprendido com os mistérios da vida após a morte.

Merenkahre ergueu a placa com as duas mãos.

– Foi forjada no templo de Khonsu, Deus da Lua e observador dos viajantes noturnos... a Placa de Ahkmenrah. O Deus da Lua concedeu seus poderes à placa. Enquanto ela fosse banhada pelo luar, nossa família ficaria sempre unida. Nem a morte poderia nos separar – correu os dedos sobre a nódoa verde outra vez. – Ficou muito tempo longe da luz de Khonsu.

Bem neste instante, a placa emitiu um brilho verde. Os amigos de Larry cambalearam. Até mesmo os antigos egípcios levaram as mãos a seus flancos, abalados por uma dor lancinante.

Os olhos de Shepseheret se arregalaram.

– Meu filho!

O rosto de Ahkmenrah começou a definhar e a rachar. Estava retornando à sua forma mumificada.

Merenkahre estendeu a placa para Larry.

– Precisa de luar. Reabasteça-a com os poderes de Khonsu. – Fitou a esposa e o filho. – Caso contrário, ao nascer do sol, todos nós vamos estar mortos, para nunca mais respirar a vida.

Larry pegou a placa e correu rumo à saída.

– Nick, vamos lá.

O rapaz foi atrás do pai, e os dois dispararam pela ala egípcia.

Enquanto corriam, algo chamou a atenção de Larry. Deteve-se e virou para a entrada de uma grande câmara. Em meio aos vários sarcófagos em exposição, Larry havia notado outra coisa. No centro da câmara redonda, um único feixe de luar perfurava a escuridão. Larry e Nick entraram e se detiveram no meio do feixe brilhante.

Larry ergueu a placa. Não aconteceu nada. O luar banhou o artefato dourado, mas a nódoa verde não desapareceu. Larry então notou que alguns ladrilhos giratórios estavam tortos. Rapidamente endireitou-os. Estava prestes a girar o último quando algo muito gelado e afiado tocou sua garganta. Ele ficou paralisado.

– Falei que nossos caminhos se cruzariam de novo – disse uma voz familiar.

Larry olhou de esguelha e vislumbrou Lancelot nas sombras. Mas sua espada longa perfurava o luar e a sua ponta repousava no pescoço de Larry.

– A placa, por favor – disse o cavaleiro.

Larry prendeu a respiração.

– Nem pensar.

– É mesmo? – interpelou o cavaleiro.

O luar reluziu na espada quando ela se moveu da garganta de Larry para a de Nick.

– E que tal agora?

8

A TAREFA DE LARRY como guarda-noturno era proteger as peças do museu. Proteger seus amigos. Restaurar a placa seria restaurar seus amigos. Seu trabalho estaria completo. Sua missão seria um sucesso. A tarefa de Larry como pai era proteger seu filho. Encolheu-se ao ver a lâmina afiada tão perto da garganta de Nick. Sabia que não tinha escolha. Entregou a placa para Lancelot.

O cavaleiro pegou a placa com uma das mãos, mas manteve a espada apontada para Nick.

– O Rei Arthur desperdiçou anos e anos na busca do Santo Graal – explicou Lancelot. – Ele procurava uma taça! E pensar que o tempo inteiro era uma placa. Minha busca está completa. Hoje volto para Camelot a cavalo!

– Você não tem ideia do que está fazendo – argumentou Larry. – A placa está morrendo – Larry apontou o dedo para o ladrilho torto. – Você precisa ajeitar aquela pecinha ali do meio.

Lancelot lançou-lhe um olhar desconfiado.

– Gostaria que eu fizesse isso, não é?

– É – disse Larry fazendo que sim com a cabeça. – Foi por isso que eu falei.

Lancelot revirou os olhos.

– Vai me desculpar. Não nasci ontem.

O cavaleiro empurrou Nick para o lado e golpeou a barriga de Larry com o punho da espada. Larry dobrou-se de dor, enquanto o cavaleiro embainhava a espada e desaparecia pelo corredor escuro.

– Pai! – gritou Nick.

Com a mão no estômago, Larry tentava recuperar o fôlego.

– Chame os outros! Não podemos permitir que ele saia do museu!

Nick correu para o local de onde tinham vindo, em busca de seus amigos. Tentando esquecer a dor no estômago, Larry deu uma guinada abrupta e saiu no encalço do cavaleiro. Aos poucos, Larry foi aumentando a velocidade enquanto seguia os passos pesados do homem encouraçado. Ele perseguiu Lancelot ala egípcia afora e enveredou num corredor principal. Peças de museu vivas de todos os tipos saíam do caminho enquanto a perseguição a pé serpenteava pelos corredores do museu.

Lancelot guiou Larry galeria após galeria, tentando despistar o guarda-noturno. Por sorte, Larry tinha muita experiência em perseguir peças de museu vivas em exposições. E, para ser sincero, era mais fácil acompanhar um cavaleiro de armadura do que um macaco com um chaveiro roubado.

Larry perseguiu Lancelot em uma galeria desprovida de peças de museu vivas. Com uma rápida olhadela, Larry percebeu que haviam se embrenhado na área dedicada ao artista M. C. Escher. Suas famosas litografias retratam ambientes que desafiam as leis da gravidade e da física. Ao redor, as gravuras emolduradas ganhavam vida, com peixes se transformando em patos, homens escalando degraus sem fim e o desenho de duas mãos, cada qual desenhando a outra.

Lancelot quase havia alcançado o outro lado da galeria, quando a porta da saída se escancarou. Teddy entrou empunhando a maior espingarda que Larry já tinha visto.

– Fale bem de mansinho, mas carregue um porrete bem grande – enunciou Teddy. Baixou o olhar para sua espingarda e abriu um sorriso. – Espingarda Magnum, calibre .375 Holland & Holland, fabricada em 1895. Especial para caçar elefantes. Parece que eles têm uma bela coleção de armas antigas por aqui.

Lancelot deteve-se quando Teddy apontou a espingarda para a cota de malha do Cavaleiro da Távola Redonda. Larry diminuiu o ritmo de sua corrida, tentando recuperar o fôlego antes de se aproximar do cavaleiro trapaceiro. Enfim a louca perseguição havia terminado. Teddy conseguiu dominar Lancelot.

– Lawrence, temos um problema – disse Teddy nervosamente. Relanceou o olhar para suas mãos enluvadas que seguravam a espingarda. As duas mãos de Teddy tinham se enrijecido. Voltaram a ser de cera. A espingarda de caçar elefantes escapou das mãos dele e se espatifou no chão.

Devagar, Lancelot desembainhou sua espada e disse:

– Também tenho um ditado. Fale bem alto e carregue um porrete *maior*.

Deu um passo em direção a Teddy, erguendo sua lâmina, pronto para atacar.

Larry pegou embalo e saltou em cima do cavaleiro. Agarrou Lancelot pela cintura e o afastou para longe de Teddy. Os dois voaram em direção a uma grande gravura de Escher na parede, chamada *Relatividade*. Em vez de ricochetear na obra de arte, os dois voaram para *dentro* dela. Larry teve a mesma sensação de quando havia entrado em uma fotografia gigante no museu Smithsonian. Mas desta vez, ao cruzarem o limiar, seu estômago se moveu abruptamente, reagindo à força da gravidade que puxava de várias direções.

No começo, tudo parecia normal. Se é que é normal voar para dentro de uma gravura trazida à vida por uma placa mágica. Larry e Lancelot caíram no patamar de uma escadaria. Então o cavaleiro levantou uma bota e chutou o flanco de Larry. Em vez de cair por cima do corrimão, ele voou para a lateral e se grudou a uma parede próxima. Junto à parede, Larry olhou e viu Lancelot agachado no patamar, agora em posição lateral em relação a ele.

Escadarias, arcadas e passarelas cruzavam-se no vasto espaço. Umas na posição certa, algumas invertidas, outras laterais. Todos se encontravam nas disposições impossíveis que o artista holandês ficou famoso por criar. Vultos sem rosto marchavam facilmente ao longo das passarelas e dos degraus insanos. Os vultos não reagiram aos recém-chegados. Continuaram marchando como se estivessem em transe.

Lancelot foi se erguendo devagar, e Larry olhou ao redor, procurando uma maneira de atravessar e alcançar o cavaleiro. Felizmente, não precisou se apressar. Pouco depois de Lancelot se reerguer, Teddy voou para o interior daquele ambiente. O presidente de braços rígidos esbarrou no cavaleiro, arremessando-o outra vez contra o chão. Enquanto o cavaleiro tentava se desvencilhar de Teddy, a placa escorregou de suas mãos. Caiu do patamar e despencou para longe da vista.

Larry fitou a escuridão, tentando avistar onde a placa havia caído. Ouvindo um clangor, Larry olhou para cima e viu a placa entrar pela direção oposta. Veio quicando nos degraus de uma escada acima deles. Parou bem na beira de um degrau.

Lancelot subiu correndo um lance de escadas enquanto Larry e Teddy procuravam um modo de interceptá-lo.

Larry apontou para outro conjunto de escadas perto de Teddy.

– Vai por ali que eu vou por aqui – e apontou uma passarela estreitinha. – Acho eu.

– Este lugar inteiro é fora da casinha! – exclamou Teddy.

Prestes a alcançar a placa, Lancelot não conseguiu agarrá-la, pois um dos vultos sem rosto veio andando e sem querer a chutou para longe. A placa voou pelo lado da escadaria, fez uma curva acentuada à direita e depois retiniu nos degraus que desciam para uma parede próxima. O cavaleiro esbravejou de frustração e empurrou o vulto para longe dele.

Teddy subiu a escada lateral, a dois degraus da placa.

– Tá no papo! – gritou Teddy.

– Nem tanto – emendou Lancelot.

O cavaleiro saltou do patamar com os pés para baixo. Igualzinho ao que aconteceu com a placa, ele deu uma guinada brusca para a direita. Suas botas se chocaram no peito de Teddy, e o ex-presidente caiu dos degraus. Teddy enganchou seus braços rígidos na borda da escada e balançou como um pêndulo, enquanto o cavaleiro sumia de vista.

Na posição de Larry, tudo isso pareceu acontecer acima dele. Olhou para cima, viu os degraus de ponta-cabeça e foi galgando a escadaria assimétrica. Em vez de cair, Teddy balançava reto para cima.

Larry respirou fundo e saltou para cima. Sentiu a gravidade dos degraus acima dele e girou em pleno ar. Foi desabar na escadaria onde Teddy estava pendurado. Larry agarrou a placa com uma das mãos e o braço de Teddy com a outra. Ele fazia um enorme esforço na tentativa de puxar o amigo ao patamar.

A lâmina de uma adaga entrou no campo de visão de Larry.

– A placa. Agora – ordenou Lancelot, em pé na parede ao lado, com a adaga apontada para o pescoço do guarda-noturno.

– Me solta – pediu Teddy tranquilamente.

– Não vou soltar você! – exclamou Larry.

– Não vou pedir pela terceira vez, bobo da corte – disse o cavaleiro. Aproximou a ponta da lâmina da jugular de Larry. – Passa para cá a placa.

Larry rosnou, já saturado de lâminas serem apontadas ao seu pescoço.

Teddy sorriu.

– Tudo bem, Lawrence. Me solta.

Larry segurou o pulso de Teddy com mais firmeza. Sentiu a rígida mão enluvada deslizar sob os seus dedos.

– Não!

Um pouco antes de Teddy se soltar, o ex-presidente piscou para Larry.

– Vejo você do outro lado – Teddy escapou de suas mãos e despencou escuridão abaixo.

– Teddy! – gritou Larry em desespero. Não podia acreditar. Havia perdido seu amigo.

Larry se ergueu e encarou o seu adversário perpendicular. Relutante, ele entregou a placa a Lancelot. O cavaleiro abriu um sorriso triunfal.

De repente, Teddy Roosevelt, antigo componente da Intrépida Cavalaria e vigésimo sexto presidente dos Estados Unidos, surgiu voando pela lateral. Esbarrou em Lancelot, arremessando o cavaleiro e a placa no ar. Larry pegou o braço de Teddy e o ajudou a parar numa cambalhota.

– Achei que havia perdido você, presidente – falou Larry.

Teddy sorriu.

– Eu também. Não sabia que ia funcionar.

Larry ajudou Teddy a se levantar e espiou por cima da borda da escada. Ficou aflito ao perceber que Lancelot apanhou a placa e partiu em direção à frente da gravura – o portal de volta ao museu. O cavaleiro mergulhou através da passagem e caiu na galeria Escher. Readquiriu o tamanho normal e disparou em fuga.

Octavius não escondia o espanto com o tamanho daquele museu. Ele, Jedediah e Dexter tinham percorrido muitos corredores e ainda não tinham visto qualquer sinal de seus amigos. Como seria de se esperar, eles se depararam com muitas criaturas maravilhosas durante sua jornada. Naquele mesmo instante, avistaram um cavaleiro de armadura reluzente correndo na direção deles com a placa dourada de Ahkmenrah debaixo do braço. Octavius estacou e desembainhou a espada. O que fazia aquele cavaleiro com a placa *deles*?

Jedediah também a devia ter visto. Parou e sacou seus revólveres de seis tiros. Dexter gorjeou irritado.

– Parado aí, parceiro! – ordenou Jedediah.

O cavaleiro estacou diante deles. Correu o olhar ao redor, procurando a fonte de suas vozes. Por fim, seus olhos recaíram no trio lá embaixo. Ergueu a sobrancelha ao fitá-los.

– Não sei quem você é – emendou Jed acenando um dos revólveres para a placa. – Mas sei que esta placa mágica não pertence a você.

Octavius apontou a espada para o cavaleiro.

– Você acha que basta aparecer aqui com sua carinha bonita e... – mostrou com um gesto a espada de Lancelot – e sua espada enorme e simplesmente começar a roubar coisas?

Dexter cruzou os braços e rosnou para o estranho.

O cavaleiro não respondeu. Em vez disso, apenas sorriu e displicentemente deu um passo por cima da cabeça deles. Os três se viraram e o observaram fugindo em disparada pelo corredor.

Octavius encolheu os ombros.

– Parece que a suposição dele estava certa.

Jedediah guardou os revólveres nos coldres e jogou o chapéu no chão.

– Ora, isso não está certo! Ao menos, você tem de lutar de alguma forma! – reclamou ele ao se virar para Octavius. – E ele nem sequer fingiu dar um pulo.

Octavius embainhou a sua espada e mostrou o punho para o cavaleiro em retirada.

– Vai lamentar a noite em que nos desrespeitou, bonitão de uma figa!

Mais passos soaram atrás deles. Octavius se virou e topou com Larry Daley e o presidente Roosevelt chispando pelo corredor. Eles pararam ao avistar os três no chão.

– Bom ver vocês, pessoal – disse Larry. – Oct, acho que isto lhe pertence. – Enfiou a mão no bolso da jaqueta, puxou um pedaço de pano, abaixou-se e o ofereceu a Octavius. A capa escarlate do comandante romano. Ele a prendeu em sua armadura.

– Tentamos, Gigantão – disse Jed. – Mas ele ainda vai ver o que é bom para tosse, aquele canalha de madeixas louras!

Mais passos. O resto do grupo veio correndo de uma galeria adjacente. Um casal de egípcios mais velhos os acompanhava. Octavius adivinhou que eram os pais de Ahkmenrah.

– Não entendo – disse Teddy ao recuperar o fôlego. – Por que Lancelot está ficando mais forte enquanto nós enfraquecemos?

– Hoje é a primeira noite dele – explicou o pai de Ahkmenrah. – Recém-nascidos são mais fortes. Mas não importa. Se não tivermos sucesso, ele também vai estar morto ao amanhecer.

– Certo, não temos muito tempo – avisou Larry. – Temos de cuidar das saídas – e apontou para o casal egípcio. – Vocês cuidem do Egito, no caso de ele voltar por ali. Nicky, Átila, Dex... cuidem da Índia. Teddy, você e os outros monitoram a Mesopotâmia. – E apontando o polegar para si mesmo, Larry concluiu: – Eu pego a entrada principal.

Nick se abaixou e com delicadeza pegou Jed e Octavius. Ele os colocou no bolso do colete e logo saíram correndo pelos corredores, atrás do cavaleiro trapaceiro.

Larry ziguezagueou pelas peças de museu enquanto rumava à entrada principal do prédio. Ao chegar lá, teve a sensação de levar um soco no estômago... de novo. As portas principais estavam abertas e Lancelot já estava lá fora. O cavaleiro montava um grande cavalo encouraçado. O poderoso corcel relinchou ao empinar, erguendo os cascos dianteiros no ar. Larry avistou a placa aparecendo num alforje na sela. O cavaleiro fitou Larry e sorriu. O cavalo retornou ao chão e Lancelot o incitou com os dois calcanhares. O garanhão atravessou o pátio a galope, noite adentro.

Larry embrenhou-se atrás dele. Mal saiu no pátio quando alguém bloqueou seu caminho. Tilly, a guarda-noturna do museu britânico, agarrada ao braço de Laaa. O neandertal trazia na frente do corpo as mãos presas por algemas de plástico e no semblante uma tristonha expressão de derrota.

– Eu sabia que você não cheirava muito bem – afirmou Tilly.

Larry apontou por cima do ombro.

– Por acaso não viu um cavaleiro de armadura brilhante galopar pátio afora agora há pouco?

– Não tente me distrair com suas fantasias mágicas. – Tilly cutucou Laaa. – Encontrei seu gêmeo imundo na sala da logística.

– Ele não é meu irmão gêmeo – disse Larry. – Não sou nem um pouco parecido com ele.

– Do que você está falando? – ela correu o olhar entre Larry e Laaa... e depois o fixou em Larry. – Cara de um, focinho do outro. Vocês são iguaizinhos. Foi assim que você me enganou. Dublês.

Larry não tinha tempo para discutir. Lancelot estava fugindo, sabe-se lá para onde.

– Eu tenho de ir.

Larry tentou passar ao lado dela, mas ela ergueu o martelo num gesto brusco.

– Alto lá! Não contava com isto, hein? – indagou ela, balançando o martelo. – Em guarda, parceiro! E aí, o que prefere? Uma martelada com o lado da cabeça? Ou com o lado da garra? – perguntou, virando o martelo e mostrando a garra bifurcada para extrair pregos.

Larry olhou para o martelo e depois para Tilly. Talvez fosse melhor ele correr em disparada.

– Analisando suas chances? – indagou Tilly. – Certo... Manobra corajosa, mas tome cuidado. Talvez eu seja mais rápida do que minha silhueta sugere. Talvez dentro desse corpinho more uma lebre – balançou o martelo. – Você pode fugir. Mas se o fizer... – ela apontou o martelo em direção a Laaa. – Seu sósia horripilante vai pagar o pato.

Laaa fitou Larry com um olhar repleto de remorso e medo. Larry balançou a cabeça e suspirou.

9

BAM!

Larry atirou-se à porta da sala dos lanches. A porta trancada nem se mexeu, e tudo o que ele ganhou com isso foi um ombro dolorido. Tilly havia os trancafiado lá dentro. Após roer as algemas de plástico, Laaa sentou-se numa cadeira e como passatempo começou a bater a testa na mesa. Durante o tempo inteiro, o homem das cavernas gemia de vergonha.

– Não precisa se torturar, Laaa – consolou Larry. – Não é culpa sua.

Larry aproximou-se do balcão e pegou um pano de prato velho. Enrolou o pano na mão direita e voltou para a porta. Tinham de sair dali de alguma forma. Larry recuou e deu um soco no vidro reforçado da janelinha da porta. Nada. Nem uma rachadura sequer.

– Aaah! – Larry soltou um grito de frustração e dor.

Isso tirou Laaa do transe de ficar batendo a cabeça. O neandertal foi em direção à porta e deu um soco nela, exatamente como Larry tinha feito.

– Ugh! – gritou Laaa. Olhou para Larry como quem pede aprovação.

– Laaa, se eu fizer algo idiota, não precisa me imitar, tá legal? – pediu Larry.

O neandertal assentiu com a cabeça.

Larry esfregou a mão dolorida.

– É mais ou menos o que eu vivo dizendo para o Nick.

Laaa fez que sim com a cabeça outra vez.

– É muito mais simples pra você, Laaa – disse Larry, enquanto vasculhava todo o ambiente, abrindo gavetas e armários. Laaa o acompanhou, ouvindo com atenção. – Pra você tudo se resume a escolhas simples. Com fogo... sem fogo – prosseguiu Larry. – Com abrigo, sem abrigo. – Larry encontrou uma velha faca de manteiga e marchou para a porta. – O negócio inteiro da evolução? Só complica mais as coisas.

Laaa seguiu Larry até a porta, sempre ouvindo e concordando com a cabeça.

– Olha, eu já entendi – disse Larry. Com a ponta da faca de manteiga, começou a mexer na fechadura. – Eu sei de onde o Nick veio. Só quero ajudar o garoto a não cometer os mesmos erros que eu cometi durante vinte anos.

Laaa apontou para a porta e depois para a cabeça dele.

Larry franziu a testa, tentando entender.

– Porta... cabeça. Tá legal.

Laaa estendeu a mão e abriu uma porta imaginária. Logo apontou para a cabeça de novo.

– Abrir a cabeça? – indagou Larry e, de repente, arregalou os olhos. – Abrir a mente! Pois é, Laaa, ser pai é justamente isso – Larry assentiu com a cabeça. – O desafio é esse.

Laaa balançou a cabeça e gentilmente afastou Larry para o lado. Deu um passo para trás, abaixou-se e deu com a cabeça na porta. Sua cabeça bateu no vidro reforçado da janelinha e a estilhaçou. Laaa passou o braço pela abertura na janela, deu uma espiada, liberou a tranca e abriu a porta.

– Ah! Abrir a porta com a cabeça – disse Larry com um tapinha nas costas do homem das cavernas. – Bom trabalho.

Larry e Laaa saíram correndo da sala dos lanches e entraram na sala de logística. Larry precisava impedir que Tilly chamasse a polícia. Estava com sorte: parecia que alguém já havia tomado essa precaução. Encontrou o resto de seu grupo esperando por ele lá fora. A porta da guarita estava trancada com um banquinho escorado embaixo da maçaneta. Larry pôde ouvir Tilly batendo na porta.

– Nunca vão se safar dessa – disse uma voz abafada. – Estou desenhando retratos de vocês na cabeça!

Larry correu para seus amigos.

– Todo mundo ok?

– Sim, Lawrence – respondeu Teddy. – Fechamos a moça na guarita dela. Mas não sei por quanto tempo isso vai detê-la.

– Muito bem – disse Larry esfregando as mãos. – Precisamos encontrar Lancelot, mas alguém tem de cuidar para que a guarda-noturna fique trancada.

Com ar solene, Laaa deu um passo à frente.

Larry assentiu com a cabeça.

– Laaa. Você sabe o que fazer.

O homem das cavernas ergueu as duas mãos e mostrou as palmas, como se segurasse uma porta invisível.

Larry abriu um sorriso.

– Lá dentro. Ela precisa ficar.

Laaa balançou a cabeça com vigor.

– FICAAAAR!

Larry deu um tapinha nas costas dele.

– Ótimo.

Laaa correu em direção à guarita.

– Lawrence, eu não consigo mexer meus braços – disse Teddy. Agora, a paralisia havia atingido os dois braços dele por completo. As mãos se projetavam para fora a partir dos cotovelos dobrados, como se ele estivesse tentando apertar duas mãos ao mesmo tempo. – A cada minuto que passa ficamos mais inúteis.

Larry olhou para os outros. Sacajawea tinha uma expressão indiferente. Aos poucos retornava ao seu formato de plástico original. O rosto de Ahkmenrah envelhecia e rachava cada vez mais. Quando Larry olhou Átila, o guerreiro huno balançou e de repente caiu de joelhos.

Larry se apressou para ajudá-lo a se reerguer.

– Ânimo, grandão.

Assim que o huno se levantou, Larry notou que o olhar de Átila parecia vidrado. Mirava um ponto fixo no alto e à esquerda.

– Uau, você está com um olhar meio maluco – disse Larry. – Quer dizer, mais maluco que o normal.

Átila fez um beicinho com o lábio inferior. Parecia prestes a chorar.

Larry agarrou o braço dele.

– Aguenta firme – consolou Larry. – Presta atenção. Quando um huno desiste?

Átila tomou fôlego e conseguiu simular um sorriso corajoso.

– Nagor.

– Isso mesmo. Nagor – disse Larry. – Um huno nunca desiste... Vai pilhando e saqueando até a última aldeia ser queimada.

Larry se virou e fitou a silhueta dos prédios londrinos.

– Lancelot está por aí em algum lugar.

– Pai, esta cidade tem 8 milhões de habitantes – ponderou Nick. – O cara pode estar em qualquer lugar.

– Vamos encontrá-lo – disse Larry. – Temos de encontrá-lo.

– Sempre otimista, Leonard – disse Teddy.

– Larry – corrigiu Larry.

Teddy assentiu com a cabeça.

– Certo.

Larry tomou a frente do grupo que caminhou rumo ao coração da cidade. O estranho grupo foi andando pelas calçadas movimentadas, e Larry tentou ignorar os olhares curiosos que recebiam dos transeuntes. Ele precisava se concentrar em rastrear o cavaleiro trapaceiro. Por incrível que pareça, o grupo não atraiu tantos olhares quanto ele esperava. Afinal de contas, Londres era uma cidade grande. E se fosse como lá em Nova York, então as pessoas estavam acostumadas a encontrar tudo que é tipo de bizarrice todos os dias.

Quando chegaram a um pequeno parque, Sacajawea ajoelhou-se e examinou o terreno.

– Ele veio por aqui – informou ela com um biquinho, já que os lábios começavam a endurecer. – Trotando a 10 km/h. O cavalo está mancando com a perna esquerda.

Seguiram o rastro por duas quadras até ele sumir. Então se ouviu um grito numa esquina. Larry achou que o grito significava que estavam no caminho certo.

– Vamos lá – disse Larry, e o grupo disparou pela calçada.

Dobraram a esquina e avistaram o enorme espaço aberto da Trafalgar Square se espraiar diante deles. Prédios de granito ornamentado rodeavam a praça que tinha um grande chafariz perto do centro. Larry reconheceu na mesma hora o ponto turístico de Londres. O nome Trafalgar vinha de uma vitoriosa batalha da marinha britânica nas guerras napoleônicas. A praça trazia uma coluna de 52 metros em cujo topo se erguia a estátua do herói da batalha, o Almirante Nelson. Na base do monumento, ao redor do pedestal da coluna, havia quatro leões de bronze, cada qual do tamanho de uma caminhonete. *Normalmente,* os leões rodeavam a coluna. Quando Lancelot cruzou por ali com a placa mágica, os leões despertaram e agora aterrorizavam os inúmeros turistas da praça.

Foi só Larry e os demais entrarem na praça que um dos leões voltou sua atenção para eles. Abriu a bocarra cheia de dentes de bronze bem afiados.

– *ROOOOAR!*

Os outros três leões escutaram o rugido do primeiro. Pararam de brincar e foram saltando juntar-se ao primeiro. Agora, os quatro leões rosnavam e espreitavam o pequeno grupo de Nova York. Com as orelhas para trás e os dentes à mostra, eles se aproximaram, prontos para atacar.

– Lawrence? Ideias? – perguntou Teddy.

Jed e Octavius espiavam, acomodados no bolso do colete de Nick.

– Use a lanterna, Gigantão – disse Jed. – Esses gatos querem brincar!

Larry puxou a lanterna e a acendeu. Apontou o feixe para o chão na frente do primeiro leão. Ele eriçou as orelhas à frente, jogou a cabeça para baixo e começou a perseguir o círculo de luz. Larry balançou a lanterna um pouco, fazendo o círculo dançar ao redor. O leão estendeu uma das patas, tentando pegar o círculo luminoso. Viu que a luz não parava de se mexer e tentou agarrá-la com as duas patas. Logo os outros leões se juntaram ao primeiro. Todos eles perseguiam o feixe de luz como gatinhos perseguindo o ponto vermelho de um laser – exatamente como naquele vídeo da internet, um dos favoritos de Jed e Octavius.

– Gigantão, pegue seu celular! – exclamou Jed. – Temos de filmar isto!

– Não temos tempo – disse Larry.

– Pelas barbas de Netuno – disse Octavius, balançando a cabeça. – Teríamos milhões de acessos.

Larry desligou a lanterna e a guardou no cinto. Sorriu para os leões irrequietos.

– Isso seria genial.

Os leões continuavam a brincar como gatinhos gigantes. Trocavam tapas e rolavam ao redor da praça. Os turistas que não tinham corrido para salvar suas vidas estavam ocupados tirando fotos dos felinos brincalhões.

Tinham resolvido aquele problema, mas pegar Lancelot seriam outros quinhentos. Larry observou a grande praça e não viu nem sinal do cavaleiro e sua montaria.

Teddy olhou ao redor.

– Afinal, onde ele se meteu?

O olhar de Larry se deteve no abrigo de uma parada de ônibus. Um grande anúncio havia sido instalado na lateral. Larry abriu um sorriso. Leu o cartaz colorido e soube *exatamente* para onde Lancelot estava indo.

10

O ÔNIBUS PAROU DIANTE do teatro Palladium. Larry e os outros foram saindo do veículo em meio aos olhares dos outros passageiros do ônibus. Alguns inclusive tiravam fotos do esquisito grupo. Era preciso admitir que eles despertavam certa estranheza. Afinal, não é sempre que alguém se depara com uma índia americana, um guerreiro huno, um ex-presidente dos EUA, um faraó egípcio, duas miniaturas e um macaco, todos utilizando o transporte público. E nem era Halloween.

O ônibus se afastou, e Larry admirou o imponente teatro. Ironicamente, as altas colunas de mármore e a ampla escadaria lembravam as do Museu de História Natural em Nova York. Larry sentiu uma pontada de saudade da terra natal.

Três itens lhe garantiram que tinham vindo ao lugar certo. Primeiro, a grande flâmula colorida pendurada na entrada. Anunciava a produção em cartaz: o musical *Camelot*. Todos os personagens míticos das lendas antigas protagonizavam a popular peça teatral. Rei Arthur, Rainha Guinevere e o próprio Sir Lancelot. Segundo: o cavalo encouraçado que perambulava à frente do teatro. Uma boa pista. Mas o detalhe que fez

Larry ter certeza de que vieram ao lugar certo estava lá no alto da própria escadaria do teatro. Um fluxo constante de membros da plateia cobria os degraus. Saíam do teatro aos gritos.

Larry soltou um suspiro.

– Acho que o encontramos.

Como peixes nadando contra a corrente, Larry e seus amigos abriram caminho no meio da multidão em fuga. Chegaram ao saguão e subiram pela rampa de acesso ao teatro. Ao entrarem, Larry ficou boquiaberto com a imensidão do local. Duas fileiras de mezaninos circundavam o piso principal. Colossais cortinas de veludo decoravam o teatro e emolduravam o grande palco à frente.

Larry e seus amigos forçaram caminho pelo corredor lotado rumo ao palco principal. Ao cruzar pelas pessoas espavoridas, ele olhou para o palco e viu três personagens lá em cima, perto do cenário que imitava a parte frontal de um majestoso castelo. Tochas afixadas em suas paredes lançavam luzes bruxuleantes na cena. A mulher usava um esvoaçante vestido medieval; o homem, uma túnica reluzente e uma coroa de ouro. Obviamente, atores interpretando o Rei Arthur e da Rainha Guinevere. O terceiro personagem não representava um papel. De imediato, Larry reconheceu o vulto encouraçado de Lancelot. Graças à acústica do teatro, Larry conseguia ouvir cada palavra que o cavaleiro dizia.

– Sou Lancelot! – anunciou o cavaleiro. – Completei minha busca, Arthur. Trago o tesouro que você procurou, mas nunca conseguiu encontrar. – Sacou a placa do alforje e a levantou bem alto. – A chave para a vida eterna!

A atriz se aproximou do homem que interpretava o Rei Arthur. Ela apontou para a cabeça, fazendo pequenos círculos com o dedo.

– Pirou na batatinha.

Lancelot apontou para o cenário do castelo.

– E veja o que você fez! Antigamente, Camelot inspirava os corações dos homens. – O cavaleiro deslizou a placa de volta no alforje e desembainhou a espada. – Você a transformou num espalhafatoso show de fantoches!

Lancelot golpeou um arbusto ali perto. A espada cortou ao meio o falso arbusto, feito de madeira achatada.

Larry e os outros chegaram perto do palco.

– Sabe há quanto tempo eu sonhava em voltar para casa? – perguntou Lancelot. – E para quê? Esta fraude cafona?

Num só golpe cortou ao meio uma árvore dimensional. Bateu com a coronha da espada no tronco, arremessando-o para o público. Alguns espectadores que permaneceram em seus assentos se dispersaram quando o elemento cenográfico voou em sua direção. Fugiram pelo corredor, retardando ainda mais o avanço de Larry e dos outros.

– Você não merece sua coroa, Arthur – disse Lancelot apontando sua espada para o ator. – E não merece sua rainha!

– Não sou rainha – disse a atriz que encarnava Guinevere.

– É verdade – concordou o ator que interpretava Arthur. – Ela é uma atriz. E eu sou um ator. Abriu as mãos para o cenário ao redor. – Isto tudo é faz-de-conta, companheiro.

– Não é real – acrescentou a mulher.

– Lancelot! – gritou Larry. Ele e os outros correram até a beira do palco. – Deixe-os fora disso. A luta não é deles.

O ator que interpretava Arthur mostrou Lancelot com o polegar.

– Conhece esta figura?

Larry suspirou e acenou com a cabeça.

– Sim.

Lancelot olhou para Larry, depois para os amigos de Larry e depois para o cenário de Camelot. A decepção tomou conta de seu rosto. O cavaleiro deu meia-volta e disparou em desabalada corrida. Arrancou uma tocha do muro do falso castelo e desapareceu nos bastidores.

Com Larry à frente, os amigos correram escada acima e subiram no palco. Passaram correndo pelos dois atores rumo aos bastidores, onde Larry encontrou uma escada em espiral. Ouviu passos lá em cima.

Larry e os outros galgaram os degraus até chegarem à plataforma cuja porta dava para o terraço. Larry abriu a porta e chispou para fora. Avistou Lancelot em pé junto ao beiral do terraço, de costas para eles. Grandes flocos de neve flutuavam ao redor do cavaleiro.

– Ei, me dê a placa! – ordenou Larry.

O cavaleiro girou e brandiu a tocha.

– Afastem-se!

Larry ergueu as mãos para se defender, mas deu um passo adiante.

– Acabou.

– Para trás! – ordenou o cavaleiro, dando um passo à frente e agitando a tocha na direção de Larry.

Os olhos de Larry se arregalaram.

– Opa! – A tocha havia derretido o nariz do cavaleiro. A ponta descaía no rosto do cavaleiro, como uma pequena e molenga tromba de elefante. – O que aconteceu com seu nariz? – quis saber Larry.

– O quê? Qual é o problema com o meu nariz? – Lancelot deixou a tocha cair num pote de flor vazio e levou as mãos ao rosto em desespero. Seus dedos tatearam o pedaço de cera dependurado. – A situação está feia?

– Sim... não... tudo bem – respondeu Larry. – Ou melhor, não está uma maravilha.

Lancelot desembainhou a espada. Larry se preparou para a luta, mas o cavaleiro apenas usou a reluzente lâmina como espelho.

– Mas... eu sou Lancelot.

Larry deu um passo à frente.

– Olha só, Lancelot nunca existiu. É só uma lenda. Você é uma peça de museu. Com a magia da placa, você também ganhou vida... como todos os outros que você viu esta noite.

O cavaleiro desviou o olhar para cima.

– Não entendo.

– Sinto muito, amigo. Sei que é difícil de ouvir isso. Mas agora você precisa mesmo me devolver a placa. Por favor.

– E depois? – indagou o cavaleiro, os olhos cheios de tristeza. – Voltar ao museu? Ficar lá parado para que as criancinhas nos admirem... e apontem para nós?

– E aprendam – acrescentou Teddy. – E se inspirem a fazer grandes coisas por esforço próprio. – Teddy sorriu. – Há destinos menos nobres, meu amigo.

– Não para mim – o cavaleiro abanou a cabeça. – Se não existe Camelot... se não existe Guinevere... nem Lancelot. Então não sou nada. Só um triste pedaço de cera. – E fulminou Larry com os olhos. – E pare de olhar para o meu nariz!

Larry levantou as mãos.

– Não estava olhando.

– Estava, sim! Eu percebi – disse Lancelot. Inclinou-se à frente, e o nariz ficou ainda mais mole. – Você estava... me encarando, sabe.

Larry deu de ombros.

– Bem, o que você quer que eu faça? – Apontou para o rosto do cavaleiro. – Está todo...

– Não fale – esbravejou Lancelot. – Não toque no assunto e não fique olhando.

Larry olhou para o céu.

– Vou tentar não olhar. – O olhar dele voltou a se fixar no nariz de Lancelot.

– Olhe para outra parte minha – ordenou o

cavaleiro erguendo as mãos. – De agora em diante, ninguém mais olha o meu nariz nem fala mais nele!

Larry desviou o olhar. Nick, Teddy e Sacajawea desviaram o olhar. Os olhos perdidos de Átila já estavam olhando para longe.

– Certo – disse Lancelot arqueando as sobrancelhas. – Esqueci do que estávamos falando.

Átila grunhiu ao cair de joelhos. Teddy enrijeceu e caiu de cara no chão. Sacajawea tentou falar, mas sua boca estava completamente selada. Largou Dexter no chão e se aproximou de Teddy. Por sua vez, o rosto de Ahkmenrah rachou e começou a se esmigalhar. O jovem faraó disse:

– Larry, nosso tempo se esgotou.

Larry avistou as miniaturas no bolso de Nick. Jed e Octavius mal conseguiam se mexer.

– Lancelot. Vamos lá, cara – Larry deu um passo em direção ao cavaleiro confuso. – Presta atenção. Agora, a placa precisa de luar. Senão meus amigos vão morrer. E você também vai.

Lancelot fechou os olhos.

– Não vale a pena viver num mundo sem Camelot.

– Pai! – gritou Nick.

Larry deu meia-volta e se deparou com Dexter chiando e levando à mão ao pequeno torso peludo. O macaco deu dois passos à frente e desabou aos pés de Larry.

– Dex! – gritou Larry. Ajoelhou-se ao lado do macaco-prego. – Vamos lá, amigo! Você vai ficar bem!

Os olhos de Dexter perderam o brilho e seu chiado

foi sumindo. Desesperado, Larry esbofeteou o rosto do macaquinho.

– Devolva a bofetada! – mostrou a bochecha dele para o macaco. – Sou eu! Larry! Vamos, me bata!

Dexter ergueu sua pequenina mão de macaco, quase sem força, na direção de Larry. Súbito, parou de se mexer.

Larry colocou dois dedos no peito de Dexter e começou a fazer compressões torácicas.

– Um, dois, três, quatro, cinco! – Debruçou-se e fez respiração boca a boca no macaco. Não funcionou. Larry deu murros no peito de Dexter. – Vamos, Dex! Não me abandone, macaquinho! Lute, macaquinho! Lute!

Lágrimas brotavam nos olhos de Larry. Dexter não podia tê-los abandonado. O macaquinho não podia estar morto.

– Chega, Lawrence – disse Teddy. Sacajawea o havia rolado em seu flanco.

Larry olhou para seu amigo enrijecido.

– Eu posso salvá-lo!

– Não há nada a fazer – falou Teddy com um sorriso fraco. – Ele se foi.

11

LARRY SENTOU-SE NO TERRAÇO, acariciando o pelo de Dexter, devagarinho. Suavemente tirou um floco de neve fresco do rosto imóvel do macaco. Não podia acreditar que o pequeno agitador havia partido. Larry os tinha decepcionado. Tinha decepcionado todos os seus amigos.

Larry fitou seus amigos moribundos. Embora os olhos de Teddy ainda apontassem para ele, estava na cara que o ex-presidente já não podia se mexer. Sacajawea também estava quase paralisada, a pele brilhante e artificial. Átila permanecia caído, amontoado, enquanto Ahkmenrah parecia fininho, ressequido e rachado. Dava a impressão de que uma forte rajada de vento podia pulverizar o seu corpo.

Larry viu o olhar suplicante de Nick. Lágrimas escorriam pelas faces do garoto quando ele virou o pescoço para baixo e olhou para o seu bolso. Octavius segurava a espada rigidamente para o alto, voltando a ser um boneco de chumbo. Jedediah não estava muito atrás.

– Foi um passeio e tanto, Gigantão – sussurrou Jed num esforço para exprimir as palavras.

Larry se ergueu e olhou para Lancelot. Para a surpresa de Larry, o cavaleiro também tinha lágrimas nos olhos. Apontou para Dexter.

– Você realmente ama aquele chimpanzé, não é mesmo?

Os lábios de Larry estremeceram.

– Macaco-prego. Ele era meu amigo.

Lancelot sorriu.

– Agora estou entendendo. O macaco *era* a busca. – Puxou a placa da algibeira. – Busca mais nobre do que a minha. Nunca teve a ver com a placa. Tinha a ver com eles. – Entregou a placa ao Larry. – Me perdoe. Eu que fui um bobo da corte.

– Obrigado – disse Larry.

Pegou a placa em suas mãos e a girou. A outrora dourada Placa de Ahkmenrah agora estava opaca, verde e corroída. Correu os dedos pelo ladrilho enviesado. A princípio, a corrosão dificultou que Larry o girasse. Mas tanto Larry mexeu até que o ladrilho deu um clique e voltou a seu lugar. Ele o examinou ao luar. Não aconteceu nada. Era tarde demais. A placa estava sem poderes.

Os olhos de Larry se encheram e lágrimas, turvando sua visão. Enquanto ele as enxugava, notou que a placa já não mais parecia tão opaca. Na verdade, a nódoa verde começou a desvanecer. Larry teve de fechar os olhos quando uma brilhante luz dourada lampejou da placa.

Átila ofegou ao sair da posição deitada e se sentar empertigado. Teddy chacoalhou-se e começou a se mexer de novo. Sacajawea respirou fundo, enfim capaz de abrir a boca. As rugas no rosto de Ahkmenrah sumiram e um amplo sorriso iluminou seu rosto. Larry e Nick riram quando Jedediah e Octavius ao mesmo tempo inalaram profundamente.

Larry ouviu um guincho estridente a seus pés. Olhou para baixo a tempo de ver Dexter saltando em cima dele. Larry acolheu o sorridente macaquinho em seus braços.

– Bem-vindo, Dex! – exclamou Larry.

Todo mundo estava de volta. Ahkmenrah, Átila e Nick davam risada. Teddy e Sacajawea se abraçavam; Jedediah e Octavius pulavam de alegria no bolso de Nick. Dexter se desvencilhou dos braços de Larry e num pulo foi se juntar aos outros.

Larry sorriu e seus olhos se encheram de lágrimas mais uma vez. Desta vez, lágrimas de alegria. Ele havia conseguido. Havia conseguido salvar todos eles. Correu para abraçar os amigos. Abraçar seu filho.

Quando enfim os abraços terminaram, Larry se virou e avistou Lancelot em pé no beiral do terraço. De costas para o grupo, o cavaleiro fitava a cidade. Larry foi se aproximando e percebeu um gesto do cavaleiro, puxando o lenço de seda de sua manopla. Acariciou a imagem bordada de Camelot.

– Na minha cabeça era tão lindo – disse o cavaleiro. – Queria que durasse para sempre.

– Entendo você, amigão – disse Larry. – Acredite em mim.

Larry se virou e olhou para seus amigos. Para o seu filho.

Lancelot cerrou as pálpebras e segurou o lenço perto do rosto mais uma vez. Encheu os pulmões de ar. Com um vago sorriso, ergueu o pedaço de seda bem alto. Abriu a mão e o lenço voou para longe em meio a um redemoinho de flocos de neve. Voou céu acima, sob o luar, até sumir na escuridão.

O cavaleiro meditou por um instante e depois ergueu a espada para enxergar o seu reflexo na lâmina. Com a outra mão moldou o nariz derretido no formato antigo. Ao terminar, embainhou sua espada e virou-se para encarar Larry e os outros, com o porte imponente e o nariz perfeito outra vez.

– Estou bonito? – perguntou o cavaleiro.

Larry abriu um sorriso.

– Bonito como Lancelot.

Quando Larry e os outros voltaram ao museu, foram direto para a ala egípcia. Ao entrar na tumba familiar, a mãe e o pai de Ahkmenrah correram para abraçar o filho.

Depois do alegre reencontro, Merenkahre aproximou-se de Larry e pôs a mão no ombro dele.

– Obrigado por trazer meu filho para casa em segurança – disse o faraó mais antigo. – Você nem imagina a aflição que eu sentia no peito.

Larry olhou para Nick e sorriu.

– Acho que tenho uma vaga ideia.

Merenkahre acompanhou o olhar de Larry.

– É uma coisa estranha ver seu filho se tornar um homem.

Larry soltou um suspiro.

– Sim. Num minuto eles estão montando um dinossauro no Central Park, no outro já estão colocando som em Ibiza.

O pai de Ahkmenrah assentiu com um olhar vazio, claramente não compreendendo o que Larry tinha acabado de dizer. Súbito, um sorriso largo iluminou o rosto de Merenkahre.

– Você nos ajudou muito. Nossa família vai construir um grande túmulo e enterrá-lo com muitas riquezas – e arregalou os olhos. – Eu mesmo vou supervisionar a remoção de seus órgãos e providenciar que sejam colocados em vários frascos incrustados com joias.

Larry encolheu-se.

– Hã, obrigado.

Merenkahre deu um tapinha no ombro de Larry e voltou para perto da família.

– Lawrence, podemos ter um dedo de prosa? – quis saber Teddy. O grupo se aproximou. Teddy relanceou o olhar para os demais. – Andamos conversando e...

– O lugar de Ahkmenrah é aqui com a família dele – completou Octavius. Ele e Jed estavam no chão ao lado dos outros. – O jovem faraó deve permanecer aqui.

Larry assentiu com a cabeça. Fazia sentido. Afinal de contas, os pais de Ahkmenrah não viam o filho há milhares de anos. Quem era ele para romper uma reunião tão feliz? Sua mente começou a imaginar maneiras diferentes de ele e o Dr. McPhee tornar aquilo realidade.

Teddy abriu um sorriso compreensivo.

– A placa deve ficar aqui, mocinho.

Larry arregalou os olhos. Por essa, ele não esperava.

– Mas... – gaguejou ele.

– A placa pertence a eles – atalhou Sacajawea.

– Ela deve ficar aqui, Gigantão – concordou Jed. – Porque aqui é o seu lugar.

Larry olhou para Ahkmenrah e sua família. Pareciam realmente felizes. O jovem faraó percebeu que estava sendo observado e caminhou para se juntar a Larry e aos outros.

Larry voltou-se para o grupo.

– Se é assim... Vocês também devem ficar – disse ele. – É o único jeito.

Ahkmenrah assentiu com a cabeça.

– Vocês seriam muito bem-vindos.

– É muita gentileza sua – agradeceu Sacajawea. – Mas pertencemos a Nova York.

Átila concordou com um aceno de cabeça.

Larry não podia acreditar em seus ouvidos.

– Mas... vocês não vão mais ganhar vida.

– Nunca esperávamos ganhar vida – explicou Teddy, sorrindo para Sacajawea. – Tive minhas seis boas décadas, Lawrence.

– Sim, Gigantão – concordou Jed. – Somos peças de museu. A criançada que vem nos olhar talvez aprenda um pouquinho... Não preciso mais vida do que isso.

– Mas eu deveria cuidar de vocês – comentou Larry.

Teddy pousou a mão no ombro de Larry, acenando positivamente com a cabeça.

– E você cuidou. Tá tudo bem, Lawrence. Estamos prontos.

Larry abriu um sorriso amarelo.

– Mas eu não estou.

– Deixe-nos ir. Chegou a hora – disse Teddy assentindo com a cabeça.

O olhar de Larry percorreu os rostos do grupo. Não podia acreditar que havia chegado ao fim. Olhou para Nick discretamente e percebeu que tudo o que ele mais amava na vida estava ali naquela sala. Ele não sabia como conseguiria deixá-los ir… Todos eles. Mas, no fundo de seu coração, ele se deu conta daquilo que seus amigos já tinham percebido. Soube que era a coisa certa a fazer. E enfim, Larry acenou positivamente com a cabeça.

– Tudo resolvido, então – disse Teddy. Estendeu a mão e apertou a mão de Ahkmenrah. – Majestade, foi uma honra e um prazer.

– O prazer foi meu, Senhor Presidente – disse o jovem faraó. Virou-se para Larry. – Obrigada por tudo, Larry, guardião do Brooklyn.

Larry abriu um sorriso.

– Tem razão. Soa bem.

Larry olhou para a placa. Correu os dedos sobre os símbolos antigos pela última vez. A placa não só trouxera seus amigos à vida, mas mudara a vida de Larry para sempre. Verdadeiramente mágica. Entregou-a para Ahkmenrah.

– Adeus, meus amigos – disse Ahkmenrah.

– Pai, se nós formos agora, podemos pegar um voo – sugeriu Nick. – Vamos para casa com todos ainda vivos, antes de o sol nascer.

Larry passou a mão por trás dos ombros de Nick.

– Boa ideia.

Larry liderou a frente quando saíram pela última vez da ala egípcia. Lá fora, avistou Lancelot esperando por eles, de pé ao lado do agora dócil esqueleto de tricératops. A criatura fossilizada abanava a cauda, e Lancelot roçava os dedos no crânio do dinossauro.

– Uau – disse Nick. – Como fez isso?

Lancelot sorriu.

– É incrível o que você consegue com biscoitos de fígado e a ponta de uma espada.

– Certa vez alguém me disse que um verdadeiro cavaleiro protege e cuida das pessoas que precisam – disse Larry andando. – Posso contar com você?

Lancelot sorriu e baixou a cabeça em sinal de respeito.

– Vai ser uma honra.

Despediram-se do cavaleiro e voltaram à sala de logística. Enquanto Nick ajudava os outros a se acondicionar novamente na grande caixa, Larry saiu para resgatar Laaa. Ao chegar lá fora, percebeu que a porta da guarita estava aberta. Nem sinal do homem das cavernas.

– Inacreditável – murmurou Larry e saiu correndo.

Alcançou a porta aberta e olhou para dentro. Nem acreditou no que viu. Tilly, sentada num banquinho. Laaa, sentado no chão, na frente dela. De costas para ela, o homem das cavernas mastigava flocos de isopor. Tilly tagarelava enquanto fazia cafuné nos cabelos desgrenhados do neandertal.

– Com Tarquin é só pose – dizia ela. – É um bom moço, mas perde muito tempo tentando ser da barra pesada. Com as correntes e braceletes... e o chapéu enviesado que o faz parecer uma criancinha. Ele nunca me ouviu de verdade. – Ela afagou um dos tufos emaranhados da cabeleira de Laaa. – Não como você. Você realmente me escuta... com seu coração.

Boquiaberto, Larry sacudiu a cabeça. Pigarreou e disse:

– A-hã. Desculpe interromper. Laaa, a galera está nos esperando.

Laaa levantou-se para ir embora, mas Tilly pegou a mão dele.

– Você precisa ficar. A gente pode formar uma vida juntos. Longe de preconceitos e rótulos. Por favor.

Laaa sorriu para ela e, delicadamente, acariciou a bochecha da moça com as costas da mão peluda.

Tilly encheu os olhos de lágrimas.

– Jamais vou esquecer você – e deu um beijo suave na mão dele. Laaa esgueirou-se para fora da cabine, escapando devagarinho do alcance de Tilly.

Outra vez boquiaberto, Larry começou a seguir Laaa... mas depois parou. Voltou para a guarita e enfiou a cabeça para dentro. Tilly parecia inconsolável.

– Olha só – consolou Larry. – Sei que você odeia seu emprego... e hoje à noite foi meio bizarro. – Larry correu o olhar ao redor e se inclinou mais perto. – Mas amanhã à noite... – abriu um sorriso. – Vai ser o melhor emprego de todos os tempos.

12

NICK TINHA RAZÃO. Por causa do fuso horário, o voo do grupo nova-iorquino de volta para os Estados Unidos durou a noite inteira. Quando chegaram ao museu, faltava uma hora para o nascer do sol. Todo mundo tinha conseguido voltar bem – todo mundo, menos Ahkmenrah e a placa.

Enquanto os amigos de Larry retomavam seus lugares em suas devidas exposições, ele desceu ao porão e esvaziou seu armário. Foi transferindo todos os seus pertences para uma mochila. De repente, ao puxar um velho par de tênis, avistou umas páginas rasgadas no fundo do armário. Puxou os papéis e sorriu. As instruções originais, de quando ele havia começado no museu. Um dos guardas-noturnos anteriores, Cecil, havia entregado a Larry quando ele começou no emprego. Fitas crepes e grampos grudavam as páginas rasgadas nas primeiras peripécias no museu. Mesmo com a tinta apagada ainda se lia o primeiro item da lista. *Jogue o osso.* Larry sorriu e recolocou as páginas no armário. Fechou a porta.

Larry passou pela ala egípcia. Queria conferi-la uma última vez. Sem dúvida, seria remodelada, já que a atração principal não estaria mais lá. Quando Larry entrou na galeria principal, ficou surpreso ao ver Dexter sentado no parapeito. Olhando para cima, o macaquinho fitava o espaço vazio, onde a dourada Placa de Ahkmenrah costumava ser exposta.

– Que esquisito não ter nada ali – comentou Larry.

O macaco gorjeou em sinal de acordo. Fitou Larry com olhos tristes.

Larry relanceou o olhar para o relógio de pulso.

– Quase aurora, amigo. É melhor você voltar para a África.

Dexter abaixou a cabeça. Começou a descer, mas Larry o impediu.

– Escute, quando você quase... sabe, lá no terraço – disse Larry. – Saiba que comecei a enxergar as coisas com novos olhos. A gente sempre teve nossa dinâmica meio estranha, mas só quero dizer que... eu gosto de você.

Dexter ergueu o olhar para Larry e sorriu. Então o macaco recuou, pronto para dar uma baita bofetada.

Larry inclinou-se à frente.

– Tudo bem. Uma última bofetada.

Em vez de atacar, Dexter estendeu a mão e puxou a cabeça de Larry para baixo. O macaco-prego travesso, o agitador do museu, o ladrão de chaveiros... estalou um beijo nos lábios de Larry. Com um salto, Dexter saiu em disparada para fora da galeria.

Larry franziu a testa.

– Bem que eu poderia ter ensinado você a escovar os dentes.

A próxima parada foi a exposição dos hunos. Quando Átila viu Larry, esforçou-se para controlar as emoções. Os lábios do guerreiro estremeceram e seus olhos ficaram rasos de lágrimas.

Larry assentiu com a cabeça.

– Tudo bem, Átila. Desabafe.

O guerreiro huno começou a chorar, e as lágrimas escorreram em suas bochechas. Atirou os braços ao redor de Larry e soluçou no ombro do guarda-noturno.

Larry deu um tapinha nas costas dele.

– Vou sentir a sua falta, amigão. – Átila soltou um urro lacrimejante e apertou o abraço em Larry. – Ok... ai! – grunhiu Larry. – Na real você está me machucando um pouco.

Relutante, Átila afrouxou o abraço e deu um passo para trás. Fitou os olhos de Larry e disse:

– Larry Daley kaska. – E apontou o próprio coração. – Átila zoscar.

Larry ainda não falava a língua dos hunos, mas entendeu exatamente o que o guerreiro quis dizer.

– Átila kaska – e Larry apontou para o próprio coração. – Larry Daley zoscar.

Ou seja, ele guardaria Átila em seu coração.

Na exposição neandertal, Larry se deparou com Laaa vagueando na frente de seus companheiros paralisados. O rosto de Laaa se iluminou ao avistar Larry se aproximando.

– Laaa... Acho que foi muita emoção para uma noite só – falou Larry, esfregando o cabelo já desgrenhado do homem das cavernas. – Estou mesmo sem palavras.

Nervoso, Laaa friccionou as mãos e baixou o olhar. Pareceu observar o chão por um tempo. Olhou subitamente para cima e seu olhar primitivo se cruzou com o de Larry.

– Papá?

Larry revirou os olhos e disse:

– Claro. Papá. Não deixa de ser.

Laaa abriu um sorriso largo, mostrando os dentes manchados e tortos. Devagarinho o sorriso dele foi sumindo e se transformou numa expressão tristonha.

– Ficaaaar?

Larry soltou um suspiro.

– Não posso, amigão.

Laaa fez que sim com a cabeça. Súbito enfiou a mão na tanga e retirou um último floco de isopor. Ofereceu para Larry. Relutante, o guarda-noturno aceitou o floco de isopor. Laaa ficou olhando para ele, à espera que Larry comesse o floco.

Larry ergueu o floco.

– Vou guardar isto para depois.

Da exposição dos neandertais, Larry passou à sala do diorama. Encontrou Jedediah e Octavius em pé na borda do expositor. Ao redor deles, várias cenas históricas em miniatura estavam congeladas no lugar.

– Agradeço de antemão por apagar minhas fotos do computador da recepção – pediu Octavius. – Não quero que elas acabem em mãos inimigas.

– Vou cuidar disso – garantiu Larry, balançando a cabeça. – Nem acredito que nunca mais vou vê-los.

– Bobagem – falou Octavius com desdém. – Sabe exatamente onde nos encontrar.

– Pode nos ver todos os dias, Gigantão – acrescentou Jed. – Quer dizer, fora o Dia de Ação de Graças e no Natal. Mas a gente sempre está aqui.

– Sabem qual a maior recordação que vou ter de vocês? – indagou Larry.

– Qual? – quis saber Jedediah.

Larry sorriu.

– A grandeza.

As duas miniaturas se empertigaram e inflaram os peitos.

– Somos *grandes* – concordou Octavius. – Em comparação com uma pulga... ou uma bactéria.

O minúsculo caubói tirou o chapéu e o bateu no tórax encouraçado do romano.

– Ele quis dizer nossa grandeza de espírito – explicou Jed.

– É, entendo isso – concordou Octavius. – Só estou dizendo que as duas coisas são verdadeiras.

Larry se virou para sair.

– Ei, Gigantão – chamou Jed. – Faz um último favor para nós?

Larry se virou e debruçou-se bem perto deles.

– Manda lá.

– Tira a gente daqui – pediu Jed. – É muito alto para pessoinhas do nosso tamanho.

Larry transferiu cuidadosamente cada uma das miniaturas de volta para suas exposições. Outra vez, Octavius comandava uma legião de centuriões paralisados. Jedediah montava seu cavalo e supervisionava a construção de uma ferrovia. Larry deu-lhes um último aceno antes de sair da galeria do diorama.

Ao entrar no saguão principal, Larry flagrou um momento de ternura entre Teddy e Sacajawea. Pertinhos um do outro, trocavam olhares. Teddy sussurrou algo no ouvido dela. Sacajawea sorriu e, em seguida, sussurrou algo no ouvido de Teddy. Então se aproximaram mais e se beijaram na boca.

Larry desviou o olhar, disfarçando, tentando dar privacidade ao casal. Quando tornou a olhar, Sacajawea se afastava. Ela avistou Larry e abriu um sorriso agradecido. Ergueu uma das mãos e fez um aceno de despedida... e Larry correspondeu o gesto.

Teddy caminhou em direção a Larry e se virou para acompanhar a partida de Sacajawea.

– Quem diria? – indagou Teddy. – Sou de cera. E ela, de poliuretano. Só sei que funcionou.

Larry olhou para o ex-presidente. Difícil expressar em palavras os seus sentimentos.

– Bem... então é isso, né?

– Acho que sim – respondeu Teddy. – Chegou a hora de sua próxima aventura – disse o ex-presidente, com sua marca registrada: o amplo sorriso. – Sei que o jovem Nick vai fazer grandes coisas.

Os dois se viraram e andaram rumo ao local em que Teddy ficava exposto.

– Sim, ele está pronto para conquistar o mundo. Por conta própria.

– Então você fez seu trabalho – concluiu Teddy.

Pararam ao chegar mais perto do cavalo imóvel de Teddy.

– Sabe, Lawrence, alguns homens nascem grandes, outros se tornam grandes...

Larry revirou os olhos e disse:

– Sei, sei...

Era o mesmo conselho que Teddy havia lhe dado em sua primeira noite no museu. Teddy levantou um dedo.

– Deixe-me terminar – apontou o dedo ao peito de Larry. – Você, meu amigo, provou ser algo ainda mais raro do que um grande homem. Você é um bom homem, Lawrence. Foi uma jornada extraordinária e nunca vou me esquecer de você.

Entreolharam-se por um momento antes de trocarem um abraço de despedida. Teddy deu dois tapinhas nas costas de Larry e o largou. O vigésimo sexto presidente dos Estados Unidos subiu no seu cavalo e desembainhou o sabre.

– Não tenho ideia do que vou fazer amanhã – disse Larry.

Os olhos de Teddy brilharam.

– Que empolgante.

Deu uma piscadela para Larry e, em seguida, ergueu a lâmina, tomando sua posição.

A luz do sol nascente preencheu as janelas. O morno fulgor se espalhou sobre Rexy, a recepção e o saguão principal. Larry olhou para Teddy e ele havia se transformado num boneco de cera, paralisado em seu lugar. A selvagem aventura de Larry no museu havia acabado.

– Bravo! – gritou Teddy.

Com um sobressalto, Larry pulou para trás.

Teddy caiu na gargalhada.

– Peguei você! Ainda funciona depois de todos esses anos!

Larry levou a mão ao peito. Mesmo com o coração em disparada, ele deu uma risadinha.

– Você me pegou... mais uma vez. – Súbito o sorriso de Larry desvaneceu. – Ei, Teddy?

– Sim? – perguntou o ex-presidente.

– Obrigado – disse Larry.

Teddy sorriu.

– De nada – Então inclinou a cabeça. – Sorria, meu filho – e se virou para olhar através das janelas principais. – O sol está raiando.

Larry seguiu seu olhar e viu os primeiros raios da aurora explodindo através das vidraças. Visão magnífica. Ele se virou. Teddy tinha voltado a ser uma estátua. Agora, estava tudo acabado mesmo.

Larry pegou a mochila e se dirigiu às portas principais. Olhou para trás uma última vez antes de sair. Inalou o ar friozinho de inverno e o aroma de um novo dia. Nick esperava sentado na metade da escadaria. Larry largou a mochila e sentou-se ao lado do filho.

– Tudo bem com você? – perguntou Nick.

– Sabe duma coisa? – indagou Larry. – Sim... tudo bem.

Nick olhou por cima do ombro.

– Vou sentir falta deste lugar.

– Sim – Larry assentiu com a cabeça. – Eu também.

Sentaram-se em silêncio, vendo o tráfego passar.

Pedestres entrouxados de roupas enchiam as calçadas e passeadores de cães andavam pelas trilhas do Central Park, do outro lado da rua.

– E então – disse Larry, quebrando o silêncio. – Ibiza.

– Pois é. Sabe, esse lance de DJ – suspirou Nick. – Não sei se é a coisa certa para mim. Só sei que é a próxima coisa – o garoto deu de ombros. – Estou apenas... descobrindo. Entende?

Larry assentiu com a cabeça.

– Parece um bom plano.

Nick deu uma risada e falou:

– Que aventura, pai.

Larry assentiu com a cabeça.

– Foi mesmo.

– Está na hora de voltar pra casa da minha mãe.

Nick seguiu andando pela calçada. Parado, Larry ficou assistindo ao filho se afastar. Sabia que não podia vigiá-lo para sempre. Assim como ele havia feito com os seus amigos do museu, em breve teria de deixar o filho seguir o seu destino. Nick já não era mais seu filhinho. Estava prestes a se tornar um homem. *Um bom homem*, pensou Larry.

– Crescem rápido, não é? – perguntou uma voz atrás dele. O Dr. McPhee veio e parou ao lado de Larry. Os dois olharam Nick desaparecer na multidão. – Não tive filhos – continuou McPhee. – Ainda bem.

Larry deu meia-volta e se deparou com McPhee, o diretor do museu, todo desalinhado. E com a mesma roupa da última vez que estiveram juntos. O cabelo, todo desgrenhado; a calça e o casaco do terno manchados.

McPhee percebeu o olhar de Larry.

– É que eu dormi no depósito – explicou McPhee.

Larry inclinou a cabeça.

– Por quê?

McPhee encolheu os ombros.

– Não sabia o que fazer. Perambulei no parque a noite inteira.

Larry franziu a testa.

– Isso parece... imprudente.

– Foi mesmo – concordou McPhee. Soltou um suspiro. – Arrependimentos... Tenho alguns – em seguida, bateu palmas. – E a sua missão. Foi um sucesso?

– Sim, foi – respondeu Larry.

McPhee acenou a mão na frente do museu.

– Para que tudo volte a ser como era antes?

Larry balançou a cabeça.

– Não do jeito que era. Mas está tudo bem. Ahkmenrah e a placa estão em empréstimo permanente ao Museu Britânico.

McPhee ficou de queixo caído.

– Você... não tem a mínima autoridade para fazer isso.

Larry sorriu.

– Mas o senhor, sim. Vou contar à Dra. Phelps que todo o desastre no planetário foi culpa minha. Vou convencê-la a contratar o senhor de novo.

– E depois ela vai demiti-lo – analisou o Dr. McPhee. – Qual a vantagem nisso?

– Tudo bem – respondeu Larry. – É hora de mudar de ares.

Larry puxou do bolso o molho de chaves do museu e o entregou ao Dr. McPhee. Sacou a lanterna da cintura e também a ofereceu.

– Na verdade, não preciso de uma lanterna – disse McPhee. – Não vou ser um guarda de segurança. E no meu escritório lâmpada é o que não falta.

Larry abanou a lanterna.

– É simbólico.

McPhee assentiu com a cabeça e aceitou a lanterna.

– Melhor não dizer nada. Emoções. Sentimentos. Certo então.

Deu um pequeno sorriso a Larry e depois subiu os degraus para o museu.

Larry pegou sua mochila e desceu para a calçada. Um dia novo começava, e Larry realmente não tinha planos sobre o que fazer em seguida. Sorriu ao se lembrar do comentário de Teddy. A sensação era *mesmo* empolgante.

Três anos depois, parado em pé na mesma escadaria de sua última conversa com Larry Daley, o Dr. McPhee admirava a paisagem. A neve já havia derretido há algum tempo, e um verde exuberante dominava o Central Park. O diretor do museu não sabia o que Larry estivera fazendo ultimamente. Para ser sincero, nem se importava. Larry cumpriu a sua promessa de assumir toda a responsabilidade pelo fiasco do planetário. Depois de ser reintegrado ao cargo de diretor do museu, McPhee encaminhou a documentação necessária para a transferência de Ahkmenrah e sua placa ao Museu Britânico. Inclusive havia enviado o sarcófago e outros artefatos da tumba do faraó. Agora, o novo lar oficial do jovem faraó era o país natal de McPhee – a Inglaterra.

Quer dizer… até agora.

O Dr. McPhee olhou as duas flâmulas que adornavam a frente do museu. Uma delas mostrava a grande imagem da Placa de Ahkmenrah e a outra, uma imagem do sarcófago do faraó egípcio, com suas belas joias incrustadas. Leu os dizeres da flâmula em voz alta:

– Por tempo limitado. O retorno do Rei Ahkmenrah!

O Dr. McPhee subiu os degraus do museu. Os artefatos estavam sendo instalados naquela noite, e a inauguração seria no dia seguinte.

Ok, McPhee se importava um *pouquinho* com o paradeiro atual do Sr. Daley. Por cortesia, tentou entrar em contato com o guarda-noturno anterior, para comunicá-lo sobre a visita da placa e dos restos mumificados do faraó. Afinal de contas, o Sr. Daley já batera na tecla sobre a placa ser mágica e de como ela trazia à vida as peças do museu todas as noites.

McPhee deu risada ao se lembrar disso.

– A placa brilha – falou ele imitando Larry Daley, da melhor maneira que pôde.

O diretor do museu caminhou energicamente para a ala do Egito. Entrou na ala de Ahkmenrah bem na hora em que os operários terminavam de instalar a exposição. Um homem limpava o sarcófago, enquanto outro removia cuidadosamente a placa de um caixote de madeira. Com cuidado espanou os floquinhos de isopor de cima dos ladrilhos dourados.

O Dr. McPhee conferiu o seu relógio e balançou a cabeça. Caminhou em direção ao homem que segurava a placa.

– Muito bem, obrigado por sua atenção e eficiência – e suavemente arrancou a placa das mãos do funcionário. – Podem sair. Rápido. – Praticamente enxotou-os. – Eu é que não vou pagar hora extra.

McPhee apertou a placa junto ao peito enquanto observava os dois funcionários saírem da galeria. Depois de perdê-los de vista, ergueu a placa para uma inspeção mais minuciosa. Artefato extraordinário. Sem dúvida, impagável. Mas mágico?

Revirou os olhos e inseriu a placa em seu mostrador personalizado. Recuou até o lado do sarcófago de Ahkmenrah e estudou o artefato a distância.

Mas havia algo diferente...

McPhee notou o que era. Um dos ladrilhos móveis da placa estava ligeiramente torto. Estendeu a mão e suavemente empurrou o ladrilho deslocado. Ouviu-se um clique, e o ladrilho foi para a posição certa. McPhee deu um passo para trás e conferiu outra vez. Agora sim estava perfeito.

O diretor do museu se afastou do expositor e se dirigiu à saída da câmara. A luz âmbar do pôr do sol sarapintava o museu além da galeria escura. O diretor estacou perto da saída e virou-se para absorver a visão novamente. Tudo estava como sempre foi. Era como se o faraó e a Placa de Ahkmenrah nunca tivessem saído dali.

McPhee sorriu, cheio de orgulho. Girou sobre seus calcanhares e caminhou rumo à saída com molejo nos passos.

De repente, uma luz dourada lampejou nas paredes ao redor dele. McPhee deslizou e parou. De onde vinha a luz? O sol há pouco tinha se posto e...

O Dr. McPhee franziu os lábios e devagarinho foi dando meia-volta. Quando viu a placa, ficou boquiaberto e de olhos esbugalhados.

– E não é que brilha mesmo...

FSC
www.fsc.org
MISTO
Papel produzido
a partir de
fontes responsáveis
FSC® C106710

Saiba mais, dê sua opinião:

Conheça - www.novoseculo.com.br
Leia - www.novoseculo.com.br/blog

Curta - /NovoSeculoEditora

Siga - @NovoSeculo

Assista - YouTube /EditoraNovoSeculo

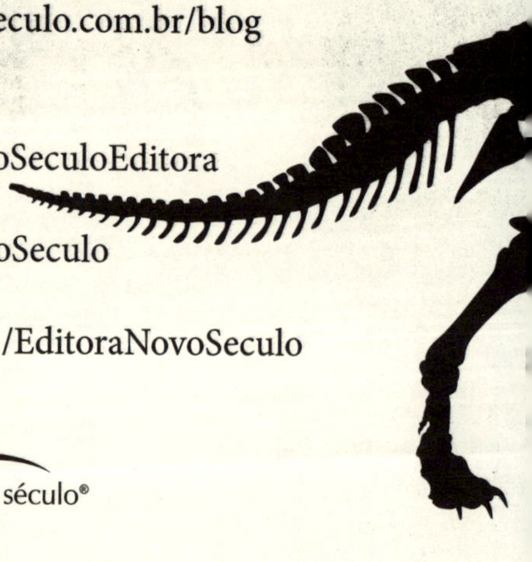

novo século®